D1690654

Spiegelbild

Impressum:
Bildernachweise:
Aquarelle von Else Lehmann: S. 17, S. 28, S. 57, S. 75 und Schutzumschlag.
„Flucht nach Ägypten", Oberammergau, 1. Hälfte 19. Jh.: S. 66, S. 68.
Ernst, Max „Der Hausengel"   © VG Bild-Kunst 2016, S. 43.
Tanning, Dorothea „Birthday" © The Estate of Dorothea Tanning,
        VG Bild-Kunst 2016, S. 45.

Originalausgabe
1. Auflage 2016
Else Lehmann:
Spiegelbild

Druck und Bindung: Hamburg
Printed in Germany
ISBN 978-3-943556-55-1

© 2016 Verlag Blaues Schloss · Marburg
Alle Rechte vorbehalten. Nachdruck und Vervielfältigung einschließlich Speicherung und Nutzung auf optischen und elektronischen Datenträgern nur mit Zustimmung des Verlags.

Besuchen Sie uns im Internet:
www.verlag-blaues-schloss.de

Bibliografische Information der Deutschen Nationalbibliothek:
Die Deutsche Nationalbibliothek verzeichnet diese Publikation in der Deutschen Nationalbibliografie; detaillierte bibliografische Angaben sind im Internet über http://dnb.ddb.de abrufbar.

Spiegelbild

Else Lehmann

„Es war einmal eine …" Nein.
Sie ist eine Frau von 93 Jahren,
die heute … lebt.

Alle beneiden *sie* im Seniorenstift. Schon wieder reist *sie* ins Gebirge nach Garchen! Dort ist *sie* geboren und aufgewachsen. Jetzt nach so vielen Jahrzehnten ist *sie* dort fremd. Doch *sie* hat beschlossen, in diesem Jahr Weihnachten dort zu feiern in alt vertrauter und doch jetzt fremder Umgebung bei frostiger Kälte und tiefem Schnee, im Haus, in dem *sie* ihre Kindheit verbracht hat.

Sie steht am Fenster. Als dichter Schleier taumeln wollige Schneeflocken herab. Und es ist ihr wieder wie damals, als schwebe *sie* sachte aufwärts dem Himmel entgegen. Die Erinnerungen sind wach, frühe Erinnerungen: Das Fest: Weihnachten, der Tag voller Geheimnis. Im Wohnzimmer wächst eine hohe Fichte aus dem Boden, bunt behängt mit glitzernden Kugeln und duftenden Kerzen auf den Zweigen. Und unter dem Baum das Kripperl: eine niedrige Hütte und drinnen eine Frau, die Mutter, die sie Maria nennen. Ob sie friert? Sie hat über das Haar und das weite rote Kleid ein schützendes blaues Tuch gelegt. In einem Futtertrog auf einem Häufchen Heu liegt ein nacktes Kinderl. Der Mann, von dem sie als Joseph reden, trägt einen dunklen Mantel. In der Hand hält er einen langen Stecken. Er sieht aus, als käme er gerade aus dem Wald von der Arbeit. Vor dem Kripperl brennt eine Kerze. Es ist so feierlich, so still. *Sie*, die Jüngste in der Gruppe, blickt stumm, staunend auf das nackte Baby: Liegt da bei offener Tür in der Hütte ohne Decke! Es friert doch, das arme Kinderl! Die Großen sagen nur: „Ein Wunder." *Sie*, die Kleine, wundert sich.

Nun, Jahrzehnte später, hat *sie* sich aufgemacht, um hier am Ort ihrer Kindheit nach jenem Kind in der elenden Hütte zu suchen. *Sie* schlendert durch die alten Gassen, um Vertrautes von damals vielleicht wieder zu finden und Neues zu entdecken. Da spannt sich quer über die Straße ein Plakat: „Krippenausstellungen" in drei nahe gelegenen Ortschaften. Es bedarf keiner weiteren Überlegung: *Sie* wird alle drei Ausstellungen besuchen. So will *sie* Weihnachten feiern. Jeder dieser Ausstellungen wird *sie* einen ganzen Tag widmen, denn *sie* weiß: *Sie* braucht Zeit und muss sich innerlich jeweils neu öffnen, um zu verstehen, was *sie* sieht, was sich erschließen und *sie* tiefer berühren will. In ihr wachsen Erwartungen und Hoffnung.

Halbstündige Busfahrt zum ersten der drei Ausstellungsorte. Das Streiflicht der Sonne wirft einen eigenen Glanz über das Tal und die frisch verschneiten Wälder. Dicke Schneehauben auch auf den Dächern des soeben erreichten Dorfes. Da, das Fresken geschmückte Museum. „Krippenausstellung im oberen Stockwerk" unterrichtet *sie* in der Eingangshalle eine mollige ältere Frau im Dirndl in der anheimelnden Sprache ihrer Kindheit. Oben dann ein dämmrig gehaltener Ausstellungsraum. Dort neben dem Eingang gleich eine Überraschung: eine kleine fein gearbeitete Holzschnitzerei „Flucht nach Ägypten". Erstaunen. *Sie* hatte Darstellungen der „Geburt Jesu" erwartet. Als *sie* das Exponat näher betrachtet, entdeckt *sie* den Namen des Künstlers. Nein, es ist das Werk einer Frau! *Sie* zuckt zusammen. Könnte das die ehemalige Klassenkameradin gleichen Namens sein? Vor 70 Jahren waren *sie* sich zuletzt begegnet. Ja, *sie* erinnert: Das Liserl wollte Bildhauerin werden. Ist das hier also ihre Arbeit? *Sie* betrachtet die Darstellung der „Flucht nach Ägypten" mit wachsendem Interesse. Und es ist, als fingen die kleinen Figuren an, zu ihr zu reden, ganz unverhofft. Ein Mann, eine Frau in der Fremde unterwegs auf der Flucht, das Leben ihres Kindes ist bedroht. Bewahrung seines Lebens, Rettung suchen sie. *Sie* kennt diese alte Geschichte, die ihr plötzlich ganz nah rückt. In diesen geschnitzten Figuren wird sie wieder neu und füllt sich mit Leben: Die anderen Museumsbesucher strömen, von den mancherlei Krippendarstellungen angezogen, vorbei, die „Flucht nach Ägypten" kaum beachtend. *Sie* aber steht gebannt, staunt, weiß nicht, wie ihr geschieht. Unten am Museumseingang an der Kasse bittet *sie* um die Adresse der Künstlerin. Noch am selben Abend nimmt *sie* telefonisch Kontakt auf. Überraschung, Wiedererkennen, Freude auf beiden Seiten. Ja, das Liserl! *Sie* kann nicht warten. Schon bei diesem ersten Gespräch muss *sie* die Frage stellen: „Kann ich deine ‚Flucht nach Ägypten' erwerben? Würdest du sie mir verkaufen?" „Es ist ein Ausstellungsstück. Gib mir Zeit, ich will es überlegen."

Die Gedanken laufen zurück.

*S*ie sieht wieder das Liserl über den Zeichenblock gebeugt. Später also hat es sich ganz der Kunst zugewandt, ist Bildhauerin geworden, ganz anders als *sie* selbst. *Sie* hatte zwar auch Freude, ähnlich wie die Mitschülerin, am Zeichnen, Malen und Gestalten, hatte wohl auch Talent und durfte schließlich auch die Schnitzschule am Ort besuchen. *Sie* könnte nach Abschluss auch eine Fortbildung an der Kunstakademie in der nächsten großen Stadt anschließen, hieß es. Doch wie ließe sich das verwirklichen? Wenn *sie* solche Hoffnungen je erwähnt, winken die Eltern abrupt ab. „Du bleibst hier zu Hause. Du musst später einmal für deine Schwester sorgen!" Immer diese Barriere! Krank ist sie, die drei Jahre ältere Schwester. Die Eltern befürchten, dass diese Tochter ihr Leben später nicht alleine meistern kann. Zum Glück ist *sie* da, *sie*, die Jüngere. *Sie* soll dann die ältere Schwester pflegen. Wie gut, dass es diese Beruhigung gibt! Dennoch sehen die Eltern im Blick auf die kranke ältere Tochter voller Sorge und Angst der Zukunft entgegen. Krieg, unsichere Zeiten: Man sagt, dass behinderte, kranke Menschen „weggeschafft" werden. „Unnötige Esser in Kriegszeiten", „die haben kein Recht zu existieren", „lebensunwertes Leben". Das Gift der Ideologie des politischen Systems sickert unmerklich schleichend in Köpfe und Herzen und durchsetzt die innere Substanz der Bevölkerung. Tiefe Betroffenheit bei den Eltern, Abschirmen der Familie nach außen, ständige Katastrophenerwartung. Niemand, niemand darf merken... *Sie*, das zweite der beiden Kinder wagt nicht, nachzufragen. Dunkle, böse Ahnungen hinterlassen ihre Spuren in ihrer Seele, lähmen und prägen sich tief ein. Auch *sie* fühlt sich bedroht, wird immer stiller, zieht sich zurück, äußert sich nicht mehr unbefangen, verhält sich kontrolliert und unauffällig, ist stets wachsam, vorsichtig, scheu.

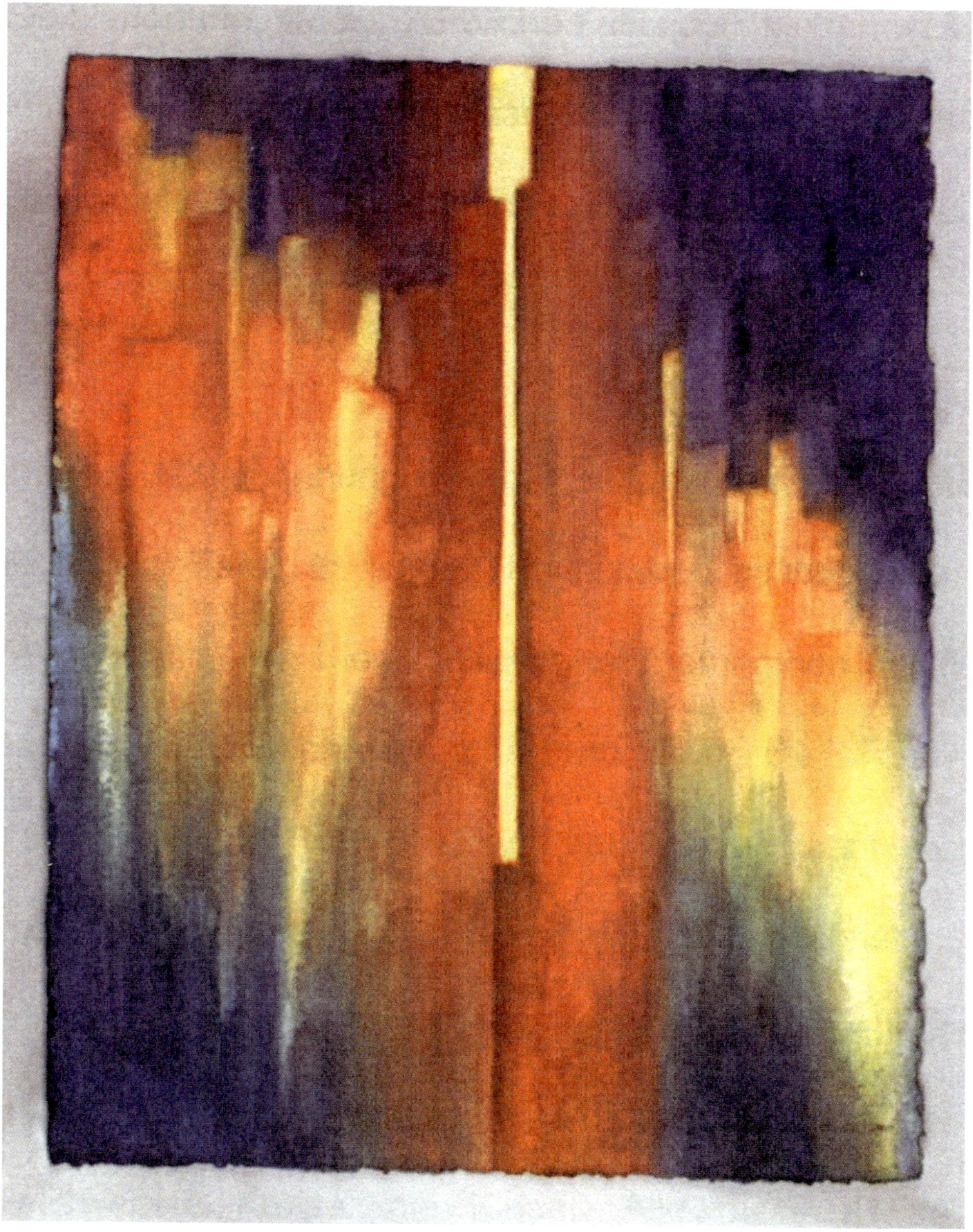

Schulunterricht.

Morgen ist wieder Biologiestunde. Da muss *sie* sich noch vorbereiten. *Sie* sitzt, wie meist um diese Zeit, im Wohnzimmer am runden Tisch vor den aufgeschlagenen Schulbüchern. Neben ihr die Mutter über eine Flickarbeit gebeugt, am Fenster die Schwester mit ihrem Strickzeug. Den Abschnitt „Erblehre", den soll *sie* lesen, hat es am Ende der letzten Stunde geheißen. *Sie* blättert um, stockt: „'Erbliche Fallsucht', Mutter, was ist das?" und sieht die Mutter an. Die zuckt zusammen, erbleicht, beugt sich tiefer über ihre Flickarbeit, schweigt. Auch *sie* verstummt. *Sie* ahnt, versteht schlagartig: Die Schwester...

Dienstagvormittag. Mit Spannung erwartet *sie* jetzt den Biologieunterricht. Die Lehrerin tritt an die Tafel. In großen Buchstaben schreibt sie: „Mendelsche Gesetze, Vererbungslehre." Die Schülerinnen übernehmen das Thema in ihre Hefte. Was malt die Lehrerin aber nun an die Tafel? Gespannte Aufmerksamkeit: Ein Schaubild! Das kann interessant werden. Stille. Schließlich die Erläuterung des rätselhaften Tafelanschriebs: Zwei Kreise verbunden durch Linien, die wiederum zu weiteren darunter liegenden Kreisen führen. Die Schülerinnen verstehen: eine Familie, oben Vater und Mutter, darunter vier weitere Kreise: die Kinder. Alle diese Kreise werden mit Buchstaben gefüllt, und zwar jeweils „g" und „k" in wechselnden Zusammensetzungen. Die Lehrerin erklärt: „g" bedeutet gesunder, „k" kranker Erbanteil. Und wieder zieht sie die Linie von Person zu Person, von Erbanteil zu Erbanteil und überträgt so die Ergebnisse aus der Elterngeneration auf die Kinder. Um das oben Besprochene noch mehr zu konkretisieren, führt die Lehrerin schließlich die „Erbliche Fallsucht" an als eine der rezessiv sich vererbenden Krankheiten und erläutert dabei die so genannte rezessiv, verdeckte Vererbung. Es ist sehr still in der Klasse.

Nun sollen die Schülerinnen durch eigene Konstruktionsversuche klären, ob sie diese komplizierten Vorgänge erfasst haben. Sie sollen selbst Möglichkeiten der Vererbung dieser Krankheit in ihrem Heft aufzeichnen. „Auftauchende Fragen können anschließend geklärt werden." Kein Laut ist zu vernehmen. Die Schülerinnen sitzen über ihre Hefte gebeugt, zeichnen Verbindungslinien und notieren die Ergebnisse. *Sie* starrt auf ihr Blatt, ist wie versteinert. *Sie* ist längst fertig. Noch ehe die Lehrerin diese Aufgabe stellte, hat *sie* Schlüsse gezogen. *Sie* braucht kein Schaubild, keine offensichtliche Darstellung mehr. Die Situation ihrer Familie ist jetzt klar. Kein Zweifel mehr! Ihre Situation ist offenbar geworden. Auch *sie* gehört vermutlich zu jenen, die einen kranken, wenn auch noch nicht erkennbaren Anteil dieser Schrecken erregenden Krankheit in sich tragen. Auch *sie* ist überschattet vom Makel dieses Leidens. *Sie* gehört zu den Unseligen, die diesen möglicherweise auch noch weitertragen werden. Das bedeutet aber: *sie* ist unwert, lebensunwert, auch *sie*. *Sie* hat verstanden. *Sie* weiß jetzt: *sie* darf nie Kinder haben... Zum Glück läutet die Schulglocke. *Sie* steckt den Füller ins Federmäppchen und wirft dieses in die Schultasche. So schnell hat *sie* noch nie das Schulhaus verlassen. Keiner soll *sie* jetzt erreichen. *Sie* jagt noch einmal die Seitenstraße hinauf, ehe sie auf einem Umweg zu Hause eintrifft. Sie dürfen daheim nicht merken... Fortan wirkt *sie* verschlossener als je zuvor; denn heute ist ihre Entscheidung im Blick auf ihren künftigen Lebensweg gefallen. *Sie* weiß jetzt: *Sie* muss später ihren Weg alleine gehen.

Fortan, wenn in der Schule die anderen Mädchen in der Pause zusammenglucken, tauschen sie jetzt oft ihre Träume im Blick auf ihre Zukunft aus: Einen groß gewachsenen starken Mann wünscht sich die eine, eine andere denkt, sie wird dann sicher ein Häuschen haben mit Garten und mindestens drei Kinder, vielleicht auch zwei Buben und drei Mädchen... Was für Phantasien! Schnell stielt *sie* sich dann davon. *Sie* möchte jetzt nicht angesprochen werden. Mögliche Fragen schmerzen zu sehr. Die machen *sie* ratlos und stumm. Denn *sie* erinnert sich an die Biologiestunde und das Schema der Mendelschen Gesetze an der Tafel. In jener Unterrichtseinheit hat *sie* verstanden: Auch *sie* kann später kranke Kinder haben, krank wie ihre Schwester! *Sie* würde das nicht ertragen, eines ihrer Kinder so leiden zu sehen wie ihre Schwester. Immer wieder diese Anfälle, immer heftiger, grauenvoller von Mal zu Mal? Sollte sich solches wiederholen bei einem ihrer eigenen Kinder, einem von ihr geliebten Kind? Nein! Das darf nicht geschehen, zumal sie jetzt weiß: Es wäre ihre Verantwortung, ihre Schuld, wenn *sie* wissend solches Unglück über eine Familie brächte. Auch den Geschwistern eines kranken Kindes darf *sie* ein Leben, ähnlich dem ihren mit solch einer Belastung nicht zumuten. Und wie könnte *sie* ihrem Mann das jemals antun: kranke Kinder! Auch er müsste dann Verantwortung übernehmen und würde mitleiden. Und *sie* wäre schuld an dem ganzen Elend. Nein, nicht wieder eine solche Familientragödie, die dann durch *sie* verursacht wäre. Keine Ehe, keine Kinder also! Und was wird dann später aus ihr werden?

Es hat geläutet!

Die Mutter eilt zur Haustür um zu öffnen. Sie freut sich, denn sie weiß: Das kann nur die Nachbarin von drüben sein. Sie ist eingeladen und kommt heute wie in jedem Jahr zu Mutters Geburtstagskaffee. Sie ist immer der einzige Gast bei diesem Fest. Die beiden Frauen treffen sich sonst kaum, denn beide sind viel beschäftigt in Haus und Garten. Die Mutter ist tagsüber gern in der Nähe der Tochter. Auch die Nachbarin will Hansi, ihren Buben, nicht allein lassen. Er ist ein wenig anders als andere Kinder, fast etwas fremdländisch wirkt er durch seine schmalen schräg gestellten Augen. Wahrscheinlich lässt ihn seine Mutter deshalb auch nicht unten im Hof vor dem Haus mit den anderen Kindern spielen, sondern nimmt ihn immer mit in den Garten hinter dem Haus, wenn sie dort arbeitet. Ob sie fürchtet, die anderen Kinder könnten sich, weil er auch ein wenig tollpatschig ist, über ihn lustig machen und ihn hänseln? Man sieht ihn nie, den Hansi, auch nicht mit seinen Eltern auf der Straße. Aber zu diesem Geburtstag ist er immer mit seiner Mutter eingeladen. *Sie* freut sich schon auf ihn und eilt die Treppe hinunter zum Vorhäusel, wo er gerade von seiner Mutter aus der warmen Vermummung der tief ins Gesicht gezogenen Wollmütze und dem bergenden Wollschal herausgeschält wird. Er ist immer heiter schwatzend. Wie er sich freut! Gleich wird er oben im Wohnzimmer in der Sofaecke zwischen den bunten Kissen sitzen und, sein Lätzchen umgebunden, den Kakao aus der großen Tasse schlürfen. Schmatzend genießt er dann das dicke Stück Marmorkuchen. Für ihn wird es sicher noch ein zweites geben! Hier wird der Junge immer ein bisschen verwöhnt. Hier darf er sein, wie er ist. Das weiß auch seine Mutter. Diese Nachbarin hat viel

Verständnis für ihr Kind. Wie gut das doch tut in diesen unsicheren Zeiten, denn beide Familien fühlen sich bedroht durch die Gesetze zur Verhütung erbkranken Nachwuchses. Beide Mütter bangen um ihre Kinder. Das führt sie zusammen.

Die beiden Gäste bleiben nicht lang. Während Hansis Mutter sich drinnen noch verabschiedet, begleitet *sie* den Buben schon die Treppe hinunter ins Vorhäusel. Scherzend und lachend stülpt *sie* ihm die dicke Wollmütze über die Ohren und wickelt ihm das Halstuch um, so dass fast nur noch die Nasenspitze herausguckt. Und da sind nun auch schon die beiden Mütter. Auch jetzt sprechen sie wieder so leise wie meist, wenn sie sich treffen. Während *sie* noch mit Hansi scherzt, erhascht *sie* aus dem Geflüster einige Gesprächsfetzen: „...große Schwester ... Sterilisation ... Krankenhaus ... kranker Bruder..." Was kann das bedeuten? Was teilt die Nachbarin da ihrer Mutter mit? *Sie* sieht nur, dass diese erbleicht. „Sterilisation", *sie* hat das noch nie gehört. Bisher ist ihr dieser Begriff nur begegnet, als ihre Mutter im Herbst in dem großen roten Emailletopf mit dem aus dem Deckel herausragenden Thermometer in verschlossenen Gläsern Obst und Gemüse hoch erhitzte zum Schutz vor Fäulnis. „Vorrat für den Winter", sagte die Mutter dann befriedigt, wenn sie auf diese Weise einen Teil der Ernte keimfrei, frei von Schädlingen, gemacht hatte und die Früchte nun im Keller auf den Holzregalen aufreihte, denn sie wusste: Sie hatte das kostbare Gut vor Fäulnis bewahrt. Ein vorausschauend kluges Handeln. Aber nun „Sterilisation im Krankenhaus"? *Sie* wagt nicht, die Mutter zu fragen. Doch *sie* wird das schon noch herausfinden! Sie erfährt, dass die Nachbarin von einer ihr bekannten Familie mit einem kranken Sohn und einer heranwachsenden Tochter gesprochen hatte. Noch immer durch den geängstigten Blick der Mutter beunruhigt, grübelt sie nun an den vorhandenen Informationen weiter. Sie erinnert wieder die Biologiestunde vor einem Jahr. Über die Mendelschen Gesetze wurde gesprochen mit Tafelanschrieb und Zeichnung, auch von erbkrankem Nachwuchs war die Rede und von dessen Vermeidung zur Wahrung der Volksgesundheit. Ist *sie* jetzt auf der Spur? Nach längerem Grübeln folgert *sie*: Solche „Sterilisation" ist eine Operation zur Vermeidung erbkranken Nachwuchses. Zwangssterilisation. Könnte das also auch ihr Schicksal sein?

„Heute werden die Klassen

der höheren Jahrgänge unseres Mädchenlyzeums ins Kino gehen!" „Drüben in die Hochland Lichtspiele?" „Da dürfen wir einen Film sehen?" Freude bei den Schülerinnen. Das haben sie bisher nie erlebt. Die erste Stunde wie üblich. „Heute schleicht aber die Zeit", denken einige der Mädchen. Aber dann endlich ziehen sie geschlossen klassenweise hinüber in den mächtigen Bau, der sie alle gleichsam verschluckt, in einem weiten dunklen Raum mit langen Stuhlreihen, die sachte ansteigen.

Vorn eine riesig erscheinende Wand, noch verhüllt durch einen tief herabsinkenden Vorhang aus rotem Samt. Die Mädchen flüstern nur. Eine erwartungsvolle Spannung hat die jungen Besucherinnen erfasst. Manche von ihnen haben noch nie eine solche Kinovorführung gesehen. Warten. Jetzt öffnet sich der Vorhang. Musik, Marschmusik. Dann ein riesiges Bild: Häuser, Menschen. Jetzt sprechen sie sogar. Und wie sie gehen! Sie „trippeln" die Straße entlang. Wald, Himmel, Wolken. Bilder, die ihnen vertraut erscheinen, ziehen vorüber, verschwinden dann blitzschnell. Und wo sind sie jetzt? In einem Gehöft. *Sie* erlebt sich mitten im vorüber gleitenden Geschehen. *Sie* kann kaum folgen, so rasch reiht sich ein Ereignis ans nächste. Und jetzt! Was ist das? Soldaten, ja, Soldaten müssen das sein! - Aber *sie* kennt doch Soldaten! Im vergangenen und in diesem Jahr hatten sie zuhause Einquartierung, als die Gebirgsjäger zur Übung ausrückten und durch den Ort kamen. Das hier sind aber nicht die schmucken jungen Soldaten, wie *sie* sie kennt! Bildwechsel. Ein Dorf. Wie ein Signal plötzlich der Ruf: „Die Russen kommen!" Nun Bild um Bild in rasender Folge: Häuser werden gestürmt, Türen aufgebrochen. Äußerste Anspannung im Kinosaal. Bildwechsel: Ein Haus, drinnen eine Stube, in der Ecke über der Bank der Herrgottswinkel, eine Frau mittleren Alters, im Türschloss der schwere Schlüssel, die Tür offenbar verschlossen. Mit einem Stiefelhieb wird sie eingetreten. Ein, wie ihr scheint, mächtiger, wild aussehender Mann – ein Soldat? – bricht herein, greift nach der Frau. Er, der Fremde, nimmt sich die zur Wehr Setzende und wirft sie zu Boden. In der Tür wird der durch die Schreie zur Hilfe gerufene Ehemann sichtbar. Die Pistole des Fremden, zur Tür gerichtet, knallt. Der Eintretende taumelt, der „Soldat" stürzt sich auf die auf dem Boden Liegende ... Schreie ... *Sie* in ihrem Kinosessel schlägt die Hände vor die Augen, verstopft sich zugleich beide Ohren: Nichts mehr sehen, nichts mehr hören!

Nach der Rückkehr aus dem Kino folgt nur noch eine Schulstunde: Turnen, „Leibeserziehung" nennen sie diesen Unterricht. Die Lehrerin führt die Klasse hinaus ins Freie auf den Schulhof. Völkerball. Sie wirft den Ball in die Runde und erwartet wohl jubelnde Zustimmung. Doch heute kein vernehmbares Echo. Was ist los? Das Spiel will nicht so recht in Gang kommen. „Was ist das nur für ein lahmer Ballwechsel! Auf Mädels, schlaft nicht ein!" Solch eine Herausforderung! Die wirkt in der Gruppe wie ein Startschuss. Nun plötzlich ein Kräftemessen der beiden gegnerischen Parteien. Der Ball saust durch die Luft, ist kaum mehr zu halten. Die Mädchen keuchen und schwitzen. Es vollzieht sich ein Kampf unter Einsatz aller Kräfte. Aggressionen brechen durch. Nur nicht unterliegen! Es ist, als würden sie noch einmal von der Angst gestreift, die sie vor einer Stunde bei der Filmvorführung durchlebt haben. „Scharf schießen! Nur nicht unterliegen!" Ob sie wissen, was sie letztlich so verzweifelt wütend macht? Vielleicht werden sie später erkennen: Sie kämpften um

Selbstachtung und Selbstwert, um ihre Würde als junge Frauen. Sie müssen siegen!

Was mag wohl das beabsichtigte Ziel dieses Filmbesuches gewesen sein? Soll er der Vorbereitung der Mädchen auf das durch den Diktator geplante „Kampfspiel" des Krieges dienen, das zum Kampf der Völker werden wird? „Wehr-Ertüchtigung" für das deutsche Mädel, die deutsche Frau?

Gereizte Stimmung in der Familie.

Man redet kaum mehr miteinander, teilt sich nur gerade das Nötigste mit. Man gerät in eine beklemmende Isolation. Die Abschottung nach außen beeinträchtigt auch die Beziehungen zwischen den Eltern und den beiden Kindern. Man lebt in einem inneren Gefängnis. *Sie* allerdings hat es verglichen mit Mutter und Schwester noch gut. *Sie* darf jetzt in der Schnitzschule zeichnen und malen, mit Ton modellieren und mit Hammer und Meißel aus Holz Neues gestalten. Mit Bangen denkt *sie* schon hier daran, dass *sie* nachmittags zurückkehren wird in die Familie. Schon beim Eintreten wird *sie* über das bleiche, traurige Gesicht der Mutter erschrecken. Wieder die Katastrophe? Hat sich die Krankheit der Schwester wieder in einem Anfall ausgetobt? *Sie* wagt kaum das Zimmer zu betreten. „Da bist du ja!" *Sie* spürt die Erleichterung der Mutter. Nun ist sie nicht mehr allein mit ihrer Angst.

Sie allerdings meint manchmal, *sie* könne die innere Spannung hier nicht länger ertragen. *Sie* fürchtet jetzt auch die Nächte, fürchtet, *sie* könnte träumen. Gestern ist *sie* nach Stunden endlich erschöpft eingeschlafen. Doch plötzlich fuhr *sie* hoch, erschrocken, ein Traum: *Sie* trat aus dem Haus und sah: die Birke vorn am Gartentor hatte über Nacht die Blätter verloren. Gestern noch im jungen Frühlingsgrün lagen diese jetzt braun, vertrocknet im Gras. Die Äste gebrochen, hingen am Stamm herab. Dieser, gestern noch kraftvoll aufgerichtet, war angeschlagen und geknickt. Wird die Birke sterben? Wird man sie fällen? Ein leiser Aufschrei: „Sie darf nicht sterben!" Dann erwachte *sie*, eilte ans Fenster und erkannte in der aufkeimenden Morgendämmerung: die Birke steht noch. Traurigkeit durchwebt dann den ganzen

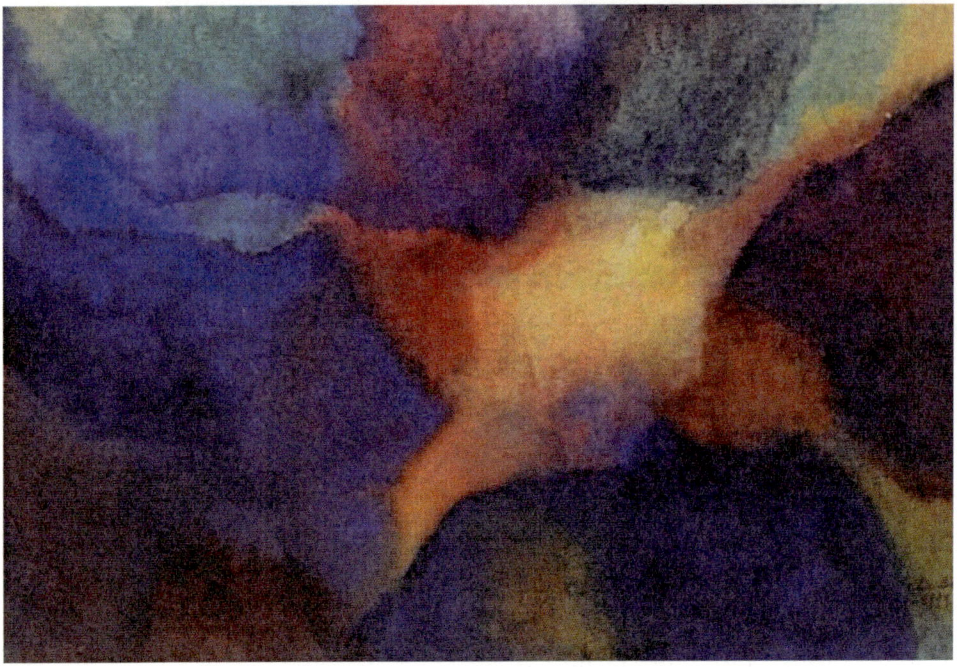

neuen Tag. Auch in der folgenden Nacht wieder ein Traum: *Sie* soll erdrosselt werden. *Sie* fühlt sich tödlich bedroht. Jetzt nur nicht wieder einschlafen, nicht wieder träumen! Zerschlagen erhebt *sie* sich am Morgen.

Immer wieder taucht nun für *sie* die Frage ihrer Zukunft und des möglichen künftigen Berufes auf. Wendet *sie* sich voll der Bildhauerei zu, dann muss *sie* die Ausbildung an der Schnitzschule, die *sie* sich früher sehnlich gewünscht hat, fortführen. Jetzt jedoch erschrickt *sie* bei diesem Gedanken; denn das würde bedeuten: *sie* wählt den von den Eltern vorgezeichneten Weg. Dann bleibt *sie* im Haus, in der Familie für immer, fürs Leben. Das wünschen sich die Eltern. „Du musst später für deine Schwester sorgen." In ihr bäumt sich alles auf. Wie soll *sie* das schaffen, Tag für Tag, Jahr um Jahr? *Sie* möchte ausbrechen, fliehen. Dann aber immer wieder dieser Zwiespalt, dieser innere Kampf. Muss *sie* nicht doch den elterlichen Erwartungen folgen? Die Mutter unterstützen, auf der die Sorge am schwersten lastet? Was soll in Zukunft mit ihnen allen werden? Ist das „Leben"? Ist ihr Leben wert geachtet, oder doch unwert, wie *sie* vernommen hat? Lebensunwertes Leben also? Solche Grübeleien graben sich jetzt immer tiefer in ihr ein. Wird ihr Leben wertvoll sein, wenn *sie* es hier hingibt, wenn *sie* es so verschenkt? *Sie* spürt und weiß: So in der Familie und in sich selbst gefangen kann und will *sie* nicht bleiben. Schließlich wagt *sie*, in ihrer Bedrängnis, sich der Mutter zu öffnen: „Ich halte es hier nicht mehr aus. Ich möchte Krankenpflege lernen." Wird die Mutter sie nun gleich mit traurigen Augen ansehen? In Gedanken hört *sie* schon: „Kind, du musst später für deine Schwester sorgen, du kannst nicht weggehen. Hier wirst du gebraucht." Doch welch eine Überraschung! *Sie* traut ihren Ohren nicht: „Kind, geh! Das hier ist kein gedeihliches Klima!" Liebevolle Aufmerksamkeit im Blick der Mutter. Sie scheint gar nicht überrascht. Es ist, als hätte sie solches längst erwartet. Kein Zittern in ihrer Stimme, keine Tränen. Nur sorgendes Verstehen.

Nun erbittet *sie* in einer Klinik der nächst größeren Stadt Prospekte und Unterlagen für die Krankenpflegeausbildung. Dann teilt *sie* dem Direktor der Schnitzschule mit, dass *sie* hier die Ausbildung abbrechen will. Seine Argumente, um *sie* doch zum Bleiben zu bewegen, können *sie* nicht umstimmen. *Sie* muss den Kerker ihrer inneren Gefangenschaft sprengen und diese Umgebung verlassen. Ihr Entschluss steht fest: *Sie* wird allem, was *sie* hier bindet, entfliehen. Doch ist ihr Vorhaben wirklich Flucht? Und immer wieder diese Fragen: „Darf ich die Mutter in ihrer Bedrängnis alleine lassen? Darf ich mich dem Leiden der Schwester entziehen? Habe ich als Kind einer Familie ‚lebensunwerten Lebens', als wertloser Mensch, überhaupt ein Anrecht auf ein eigenes selbst bestimmtes, auf ein vollgültiges Leben?" Diese Fragen werden *sie* lebenslang immer neu beunruhigend begleiten.

So ist es immer:

Ihren Urlaub verbringt *sie*, die junge Stationsschwester, daheim in Garchen bei Eltern und Schwester. Selbstverständlich! In der Klinik wird *sie* von allen beneidet: „Sie haben's gut, fahren ins Gebirge!" *Sie* aber fragt ihre Kollegin nicht, ob sie vielleicht wieder mit ihrem Verlobten in jener fernen Stadt das bekannte Museum mit den seltenen Ausstellungsstücken besuchen wird. Das würde auch *sie* interessieren. Aber *sie* wagt es nicht, sich nach den Plänen der Mitschwestern in der Klinik zu erkundigen. Die könnten dann auch Genaueres über ihren Urlaub zu erfahren suchen. Wie könnte *sie* dann erklären, dass *sie* sich gar nichts anderes vornimmt für diese Erholungszeit, als bei ihrer Familie zu sein? Niemand würde das verstehen!

Nun sitzt *sie* im Zug. Das Buch hat *sie* längst wieder in die Tasche gesteckt. *Sie* wollte lesen. Für *sie* in der Klinik als Schwester ein seltenes Vergnügen. Pflege und ständige Fliegeralarme lassen ihr kaum Zeit. So wollte *sie* jetzt im Zug die Gelegenheit nützen. Zu dumm, dass ihre Gedanken immer wieder abschweifen! *Sie* legt ihre Lektüre wieder ins Gepäck zurück und sieht aus dem Fenster.

Ihre Phantasien sind es, die *sie* immer wieder ablenkten vom Gelesenen und vorauseilen zur Familie. Aber schon „fliegen" draußen heimatlich wirkende Dörfer vorbei. In Kürze wird der Zug das Ziel erreichen. Aber wie wird das dann für *sie* sein? Wie immer, wenn *sie* ankommt? Werden sie am Bahnhof sein, um *sie* abzuholen, Vater, Mutter, Schwester? Wie würde *sie* sich freuen! Schon verlangsamt sich die Fahrgeschwindigkeit. Die Räder des Zuges quietschen. Die meisten Fahrgäste stehen schon draußen auf der Plattform des Wagons. Dann ein Ruck. Der Zug hält. Alle drängen hinaus. Gepäck wird durch die Fenster gereicht. *Sie* ergreift ihre Tasche und eilt ohne sich umzusehen die Treppe hinunter, dann durch die Unterführung und hinauf zur Sperre. Dort oben werden die Eltern *sie* erwarten! Wird sich ihre Hoffnung erfüllen? Auf diesen Augenblick ist ihre ganze Konzentration gerichtet. Werden sie ihr nun gleich von da oben zuwinken? Bei jeder Rückkehr nach Hause die gleiche Spannung. Von dort oben jetzt Begrüßungsrufe, Wiedersehensfreude! Für *sie*? Angespannt blickt *sie* hinauf. Nein! Niemand für *sie*! Nicht einer, der *sie* meint! Es ist wie immer. Sich vergewissernd blickt *sie* noch einmal die Reihe der Wartenden entlang: Niemand! Dachte *sie* es doch! Jetzt nur schnell nach Hause.

Die Angst, die *sie* nun wieder erfasst, wandelt sich zum Impuls. *Sie* muss wissen, was sich in der Familie ereignet hat und eilt. Unterwegs nach Hause laufen in ihr auch jetzt wieder im Zeitraffertempo wie in einem Film Bilder der Erinnerung ab, ähnlich wie vorhin während der Bahnfahrt. Der Heimweg wird zur Vorbereitung auf das, was *sie* daheim erwartet:

> Sie sieht vor sich, wie die Morgendämmerung die Silhouette der Berggipfel gegen den klaren Himmel abzeichnet. Da! Der Initialschrei! Alarm für die Eltern: Ein Anfall der Tochter. Die Mutter eilt hin, wo sie den Schrei und das Poltern des Sturzes vermutet. Der Vater schließt eilig alle Fenster. Die Mutter kniet neben der zu Boden gestürzten Tochter, versucht deren mahlende Kiefer mit einem Löffelstiel zu lösen und die knirschenden Zähne zu öffnen. Schaum tritt aus dem Mund der Kranken, aus dem linken Mundwinkel sickert ein Rinnsal Blut, ein gurgelnder, rö-

chelnder Ton, schlagende Extremitäten, das Gesicht bläulich verfärbt und aufgedunsen, es ist, als müsste der Kopf der Kranken zerspringen, die weit offenen, geröteten Augen nach oben weggekippt, verzerrt die Gesichtszüge, totale Anspannung, dann Starre und Verkrampfung des ganzen Körpers, aller Glieder, Bewusstlosigkeit. Ob der Sturz wieder zu einem Knochenbruch oder anderen Verletzungen geführt hat? Das wird sich erst später zeigen.

Was für eine Veränderung dieses Menschen! Was für Schmerzen muss die Arme leiden! Noch weiß niemand, was die nächsten Minuten bringen werden: den Tod oder allmähliche Lösung des Krampfes und nachfolgende stundenlange unruhevolle Bewusstlosigkeit. Ist etwa nach der ersten Attacke heute noch eine zweite und dritte zu befürchten, wie immer in der letzten Zeit? Die Mutter neben der Gequälten sehr ernst, traurig, hilflos. So war es immer. Kein Arzt, keine Medikamente. Doch wenn ein Arzt wüsste, der Ausgang des Kampfes, ob Tod oder Leben, wäre bereits entschieden. Alle Probleme wären für immer gelöst. Was sind das für Kräfte, die hier ihr dämonisches Spiel treiben?

So werden Erinnerung und Sorge schon während der Fahrt und besonders jetzt, da *sie* am Bahnhof nicht erwartet wird, wieder ängstigende Gegenwart: *Sie* weiß, was auf *sie* zukommt und beschleunigt ihren Schritt. *Sie* eilt die Hauptstraße entlang, nimmt dann die Nebenstraße. Nun noch die letzte Wegbiegung und schon wird das Haus mit den bemalten Fensterläden tief drinnen im Garten sichtbar. Jetzt das Gartenpförtchen, vor dem Haus blühende Rosen, an der Hinterfront des Hauses die Eingangstür.

Alles wie immer, wie erwartet. *Sie* läutet dreimal kurz, ihr Signal. Drinnen des Vaters eilige Schritte. Er öffnet, lässt sie ein, schließt sofort wieder ab. Kurze Begrüßung. Dann sofort hinauf ins Zimmer der Schwester. Fragen sind nicht nötig. Droben sitzt die Mutter, wie vermutet, am Bett der Kranken. Stille. Nur deren Stöhnen und ständige motorische Unruhe sind zu vernehmen, wie immer nach den Anfällen. Schon am Bahnhof, als ihr niemand zuwinkte, wusste *sie*... Und ihre Ahnungen haben *sie* nicht getäuscht: Auch im Urlaub ist es wie immer hier Zuhause.

Sie findet es gut, dass *sie* gerade jetzt da ist, selbst wenn der Anfall bei ihr wieder den Schock auslöst, wie *sie* ihn bei jeder solchen Attacke erlebt:

> *Sie* erstarrt dann in der Tiefe. *Sie* wird fühllos, ihr Gesicht kreidebleich, Übelkeit, Schmerz, Angst und Verzweiflung werden nicht mehr wahrgenommen, während der Anfall tobt. *Sie* funktioniert perfekt: sachlich, klar. Nach außen wirkt *sie* kühl. *Sie* tut, was *sie* kann, um der Kranken Erleichterung zu schaffen und der Mutter beizustehen. Sehr nüchtern und ruhig geschieht alles. Es ist ja nicht das erste Mal, dass *sie* solches erlebt. Von frühester Kindheit an ist ihr ganzes Leben geprägt durch solche Katastrophen. Auch jetzt ist ihre tiefe innere Anspannung kaum zu bemerken. Diese wird erst nach Tagen etwas abflachen, wird sich in ihr aber nie mehr völlig lösen lassen. Ihre Traurigkeit will *sie* nicht zeigen. Ist *sie* nicht hier, die Eltern zu unterstützen in ihrer bedrängenden Lage?

Wie kann *sie* am besten helfen? Das ist die Frage, denn *sie* versteht sich hier als Beistand der Leidenden. Aber sollte das dann schließlich auch ihre Lebensaufgabe, ihr Lebensinhalt werden? Was sind Ziel und Sinn ihres Lebens? Diese Fragen treiben *sie* um. Auch Selbstzweifel quälen wieder: „Stimmt es denn, dass ich zu jenen Menschen gehöre, die man heute als ‚lebensunwert' charakterisiert, als wertlose Menschen also? Muss ich mich denn noch mehr einsetzen, Besseres leisten, damit ich auch gesehen, auch beachtet und geachtet, anerkannt werde? Wer bin ich denn hier zuhause? Was soll aus mir werden?" Ist *sie* nicht ehedem aus der Familie geflohen, weil *sie* hoffte, anderwärts könnte sich auch für *sie* Zukunft eröffnen?

Kriegsende, Zusammenbruch

aller bisherigen Ordnungen. Drei Jahre sind vergangen. Nun ist *sie* froh, nach langer Reise endlich in der Südschweiz im Ökumenischen Institut eingetroffen zu sein. Dieses wurde erst vor wenigen Monaten in einem kleinen Château abseits von allem Getriebe auf der Höhe über dem See errichtet. *Sie* tritt vors Haus. Abendstimmung umfängt *sie*. Ihr Blick gleitet den Hang hinunter und schweift dann über den See, in dem sich schon die Lichter der nahen Stadt spiegeln. Jenseits des Sees nur die Silhouette der Alpenkette. Wind streicht durch die Lindenallee, die vom See heraufführt. Einziger Laut das Rauschen der Blätter. Stille. Droben der Himmel klar und weit, nur durch die Berge begrenzt. Hier wird *sie* nun ein Vierteljahr bleiben, denn *sie* ist eingeladen, hier im Ökumenischen Institut am Cours Laics teilzunehmen zusammen mit 34 anderen jungen Menschen aus 15 verschiedenen Ländern. Drei Monate sollen sie nun zusammen wohnen, miteinander austauschen, diskutieren und aufeinander hören. Vorträge über die „Einheit der Kirche" werden die Arbeit in Gruppen und den persönlichen Austausch ergänzen. Wie wird sich das Zusammenleben so verschiedener Menschen gestalten? Werden sich bei so unterschiedlichen Konfessionen und Denominationen gemeinsame Formen der Spiritualität herausbilden? Bange Erwartungen, aber auch Hoffnung.

Noch sind nicht alle Teilnehmer eingetroffen. *Sie* wird nun oben im 2. Stock in dem kleinen Dachzimmer ihr Bett beziehen und den Inhalt ihres Köfferchens in den Spind legen. Ihre Zimmerpartnerin, durch ein Namensschild an der Zimmertür angekündigt, ist offenbar noch nicht im Haus. Ein komplizierter Name! Woher könnte sie stammen? Wer mag das wohl sein? Ihr ist bang. Drei Monate müssen sie beide auf engem Raum miteinander leben und arbeiten! Doch was kann schon passieren? Unser beider Ziel ist „Kirche" und „Einheit" in dieser friedlosen Welt und Zeit. *Sie* legt sich zur Ruhe, löscht die kleine Lampe. Aber *sie* findet keinen Schlaf. Die Gedanken kreisen. Da plötzlich Licht. Eine etwa gleichaltrige Frau tritt ins Zimmer, sieht sich um, kein Gruß, kein Wort. Sie wirft Koffer und Tasche auf den Boden, bezieht dann drüben das andere Bett mit der bereitliegenden Wäsche, entkleidet sich, löscht schließlich das Licht. Dunkel. Ist es finsterer als zuvor? Oder scheint es ihr nur so? Ist es die angespannte Stille? Kein Wort bisher. *Sie* hat sich unter ihre Bettdecke verkrochen, verhält sich schlafend. Es gelingt ihr auch jetzt nicht, sich zu öffnen, zu zeigen. Da plötzlich von drüben aus dem Dunkel: „Ich habe Ihnen etwas zu sagen." Pause. „Als ich an der Zimmertür Ihren Namen las, dachte ich: Muss das sein? Auch noch mit einer Deutschen zusammen in einem Zimmer wohnen!" Es ist, als schlüge ein Blitz ein! Alle Erwartungen und Hoffnungen zertrümmert. Dieses also die ersten Worte! Welch eine Herausforderung! Ratlosigkeit. In dieser ersten „ökumenischen Nacht" erfährt *sie* dann: Ihre Zimmergenossin kommt aus Holland, und zwar aus dem Hochadel, deshalb dieser komplizierte Name. Im Krieg arbeitete sie mit im holländischen Widerstand. Jetzt hier plötzlich mit einer Deutschen zusammengespannt, brechen all die schauerlichen Erlebnisse der Kriegsjahre wieder in ihr auf und aus ihr heraus. Erschreckende Todeserfahrungen. Drüben die Deutsche ist verstummt, erstarrt, keine Bewegung mehr unter der Wucht des Erlebnisberichtes der Zimmergenossin. *Sie* hört, hält still. Weit nach Mitternacht dann von ihr nur der eine Satz: „Das war mir nicht bekannt."

Diesem Beginn ihrer Wohngemeinschaft folgen nächtelange detaillierte Schilderungen der durch deutsche SS und Truppen verübten Gräuel und die Gegenwehr des holländischen Widerstands. Ihr öffnen sich bisher ungeahnte Abgründe menschlicher Existenz.

Der Laienkurs beginnt. Allmorgendlich treffen sich die Kursleiter und -teilnehmer zum gemeinsamen Gebet in der kleinen Kapelle im Turm des Schlosses. Nach dem Frühstück folgen dann meist Vorträge und Diskussionen. Obwohl Kenntnisse in den drei Sprachen Deutsch, Französisch und Englisch die Voraussetzung für die Kursteilnahme waren, sind jetzt für viele in den ersten Tagen Sprachbarrieren zu überwinden. Man begegnet sich noch mit Zurückhaltung, Scheu, Vorsicht. Fremdheit ist spürbar. Nur ein Zeichen für Sprachschwierigkeiten? Einige Franzosen und ein paar Holländer bilden bereits kleine Grüppchen. Sie bewegen sich viel freier und unbefangener als die Deutschen. Und doch will in der Gesamtgruppe auch nach 10 Tagen kein unbehinderter Zugang zueinander gelingen. Ihr beispielsweise will es nicht glücken, den jungen holländischen Theologen, dessen Diskussionsbeitrag *sie* interessierte, in ein Gespräch zu verwickeln. Ist es ihre Unfähigkeit, ihr persönliches Unvermögen? Oder knistert es überhaupt im Zusammenspiel der gesamten Gruppe? Für manche Kursteilnehmer scheint eine Kontaktaufnahme unmöglich zu sein. Spitzt sich die Lage nicht immer weiter zu? Aggressionen werden spürbar. Spannungen. Steht in der Gruppe etwa eine Explosion bevor? Eine fruchtbare Arbeit scheint unmöglich. Beim Abendessen wird eine Gruppenzusammenkunft für alle Kursteilnehmer angekündigt. Was soll verhandelt werden bei dieser Sondersitzung? Keine Ansage „Bitte alle erscheinen!" 20 Uhr, gespannte Stille im Raum. Niemand spricht. Ein Jugendpastor aus Deutschland, nur wenige Tage als Gast im Institut, erhebt sich. Erwartungsvolle Aufmerksamkeit. Er ist nur ganz kurz hier zu Besuch! Was hat er in dieser Runde beizutragen? Er wolle einfach mitteilen, was ihm während seines kurzen Aufenthaltes aufgefallen sei: eine ungeheure Spannung zwischen einzelnen Kursteilnehmern und kleineren Gruppen des Kurses. Ihm scheine, es fehle ein tragendes Kontaktgeflecht, denn man gehe sich aus dem Weg und weiche aus, vermeide zum Teil auch, miteinander zu sprechen. Er finde, die Gruppe sei kaum arbeitsfähig und frage sich: Was ist die Ursache? Stille, knisternde Atmosphäre. Aber dann bricht auch schon das Wetter los. Lucienne, eine etwas ältere Französin, ergreift das Wort. Sie gehörte der Cimade an und war während des Krieges im Widerstand tätig, war somit auch informiert über alle Bewegungen und Aktionen der französischen Widerstandsgruppen. Was sie nun schildert, übersteigt ihr Vorstellungsvermögen. *Sie* vernimmt erstmals den Namen des Dorfes Oradour, hört von den deutschen Rachebefehlen und dem nachfolgenden Grauen, dem Inferno. Zweifel an der Menschlichkeit von Menschen. „Von solchen Gräueltaten wollt ihr Deutschen nichts gewusst haben?", wirft Eliane ein, auch eine Französin, „unmöglich, das zu glauben." Die deutschen Gruppenmitglieder sind verstummt. Kursteilnehmer aus anderen Ländern melden sich zu Wort. Nun verknüpfen sich die Berichte immer mehr mit dem alltäglichen Erleben hier in der Gruppe. Hans, der junge niederländische Theologe, schildert: Wenn Eva, eine Deutsche, ihm von der Treppe aus am Morgen schon freundlich „Guten Tag!" zuruft, vernimmt er die Sprache des SS-Mannes, der – vor seinen Augen – seinen Vater erschoss. „Ich kann nicht mit euch reden", quält er sich ab, „ich höre dann wieder diese Sprache und Befehle." Immer weiter, immer tiefer öffnen sich die Wunden. Leid und Leiden scheinen nicht mehr zu bändigen, als sich dann auch noch die Dänin, die beiden Griechinnen und andere Betroffene in den Chor der Anklagenden einreihen. Wer unter den deutschen Kursteilnehmern könnte in dieser Situation auch nur ein einziges Wort wagen? Vielmehr Betroffenheit, Scham, Verstummen. Ein unübersteigbarer Berg von Trümmern! Allen Anwesenden ist klar: Wir können nur abreisen, alle, und zwar morgen. – Stille – Dann plötzlich: „Ob wir vielleicht miteinander das Vaterunser sprechen können?" Wieder Minuten der Stille. Kein Laut. Dann zögernd die scheue Stimme eines Gruppenmitgliedes: „Vater unser...", einer nach dem anderen folgt, jeder in seiner Sprache, „...und vergib uns unsere Schuld – wie wir vergeben unseren Schuldigern – denn dein ist das Reich – dein ist die Kraft – ..." Kein Laut. Schließlich erhebt sich einer nach dem anderen und verlässt schweigend den Raum. Kein Wort mehr an diesem Abend. Es ist alles gesagt. Sie treten hinaus in die sternklare Nacht, um nun drüben ihre Zimmer aufzusuchen. Niemand packt Koffer an diesem Abend. Niemand reist am nächsten Tag ab. „Einheit der Kirche" ist ihr Thema geworden für Leben und Arbeit.

In *ihr* allerdings brodelt das an diesem Abend Aufgenommene weiter. Für *sie* lässt sich dieses Erleben nicht mehr wegschieben. Es ist *ihr* zur persönlichen Anfrage geworden. Auch *sie* ist Deutsche. Ist auch *sie* verstrickt in all das Unrecht? Was hat *sie* mit all diesen Verbrechen zu tun? Bisher hatte *sie* sich zu jenen gezählt, deren Familien in Deutschland durch die Gesetze zur „Verhütung erbkranken Nachwuchses", durch Zwangssterilisation oder Euthanasie bedroht waren und immer noch, wohl sogar ein Leben lang, an den Folgen leiden. Später wird man von „Tätern" und „Opfern" sprechen, wenn man der Schrecken dieser Jahre gedenkt. Wo wird *sie* sich dann wiederfinden? Etwa wie bisher mit ihrer Familie und Schwester auf der Seite der Bedrohten, Geängstigten und Leidenden in der Nähe der „Opfer" oder auf der Seite der „Verfolger", der so genannten „Täter"? Ist *sie* „Täter" und „Opfer" zugleich? Wer bin ich? Das ist nun ihre tief beunruhigende Frage. Diese wird *sie* ein Leben lang nicht mehr loslassen.[1]

---

[1] Siehe S.74: *Ihr* beruflicher Weg.

Eine große Buchhandlung

im Zentrum jener Stadt, in der *sie* jetzt lebt. Hier will *sie* sich umsehen nach Literatur über das Dritte Reich. Vielleicht findet *sie* ein Buch, das ihr umfassende geschichtliche Zusammenhänge und Hintergründe dieser Epoche erschließt; denn *sie* möchte sich und ihr Erleben als Kind und als junge Erwachsene allmählich klarer sehen und auch besser verstehen. Ringsum an den Wänden überall hohe Regale mit Büchern vom Boden bis hinauf zur Decke. Von oben helle künstliche Beleuchtung; denn auch die Fenster sind durch Bücherwände verstellt. Schließlich findet *sie* die Abteilung mit der gesuchten einschlägigen Literatur. Welch eine Fülle! Dicke Bände fest gebunden. Die werden Jahrzehnte überdauern. Und dann da drüben die Taschenbücher. Hier will *sie* sich erst einmal umsehen. Ein Taschenbuch nach dem anderen zieht *sie* heraus. Autor, Titel, Inhaltsverzeichnis, hier und da auch Fotografien, Porträts, immer wieder Bilder von Männern in Uniform, Aufmärsche, Fahnen. *Sie* fröstelt. Dann ein schwarzer Buchrücken mit zinnoberrotem Titel: „Dämonische Figuren". *Sie* zieht das Bändchen heraus: „Die Wiederkehr des Dritten Reiches in der Psychotherapie" der Untertitel. Über dem Titel ein farbiges Bild: Ein Monster in grotesker Bewegung: „Max Ernst, Der Hausengel, 1937". Ein Werk dieses Künstlers aus den Jahren nationalsozialistischer Gewaltherrschaft in Deutschland. *Sie* merkt auf: Dieser Maler war doch im Dritten Reich aus Deutschland emigriert. *Sie* erinnert, 1941 war er über Frankreich noch in die USA entkommen. Als *sie* vor einigen Jahren eine Reise durch die Vereinigten Staaten machte, war *sie* dort im Westen auf seine Spuren gestoßen. Nun hier diese Darstellung. *Sie* ist betroffen. Ein herantobendes Ungeheuer in braune,

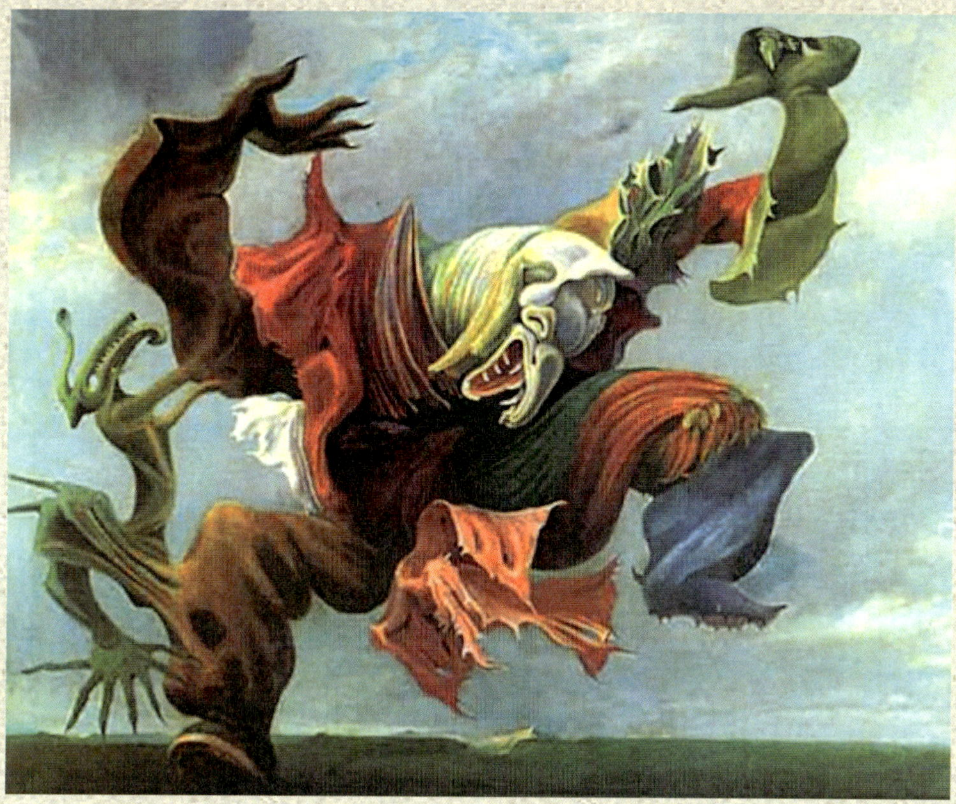

blaue und rote Tücher gehüllt mit riesigen ausgereckten Armen und Beinen, mit aufgerissenem hackendem Schnabel und herausragenden spitzen Zähnen. Wütend und kraftvoll stampft es in die Erde, alles unter sich zertrümmernd. *Sie* erschrickt, denn plötzlich ist klar: Diese „dämonische Figur", dieses Bild kennt *sie*; denn ihre eigene Phantasie gaukelt ihr in Stunden der Erinnerung an ihre Kindheit im Dritten Reich ebenfalls ein Monster vor, das diesem gleicht. Ihres allerdings breitet auch noch weit gespannte schwarze Flügel über alles Leben und alle Vernichtung. Abgründe tun sich auf.

25. August, Geburtstag. In schöner Regelmäßigkeit kehrt er wieder, dieser Tag, nun schon mehr als 80 Mal. Immer wieder versucht *sie*, sich an diesem Fest vorbei zu mogeln. Sie, aus dieser Familie, kann ihre Geburt doch eigentlich gar nicht feiern! Wie jeden Morgen nimmt *sie* den Harenberg Kunstkalender, der auf der Konsole neben ihrem Bett seinen Platz hat, zur Hand, um das Blatt dieses Tages offen zu legen, gespannt, welches Bild der Kalender ihr für den Geburtstag schenkt. Würde es vielleicht sogar als Überraschung eine Botschaft für das kommende Lebensjahr bringen? *Sie* ist gespannt, was sich jetzt zeigen wird. Interessant! Eine hoch gewachsene, nicht ganz junge Frau, schlank, in einem prächtigen, von Baumwurzeln durchzogenen Gewand, barfuß, aufrecht und voller Würde. Eine Herrin. Vor ihr auf dem Boden kauernd „ein phantastisches Haustier", nicht größer als ein kleiner Hund mit schwarz glänzendem Fell, auf dem Rücken weit gespreizte Flügel. Es ist, als ducke sich das scheue Wesen, der kleine Drachen, ängstlich vor seiner Herrin.

Sie ist befremdet. Was für ein Bild gerade zum Geburtstag! *Sie* liest, was am Rand des Kalenderblattes vermerkt ist. Zunächst

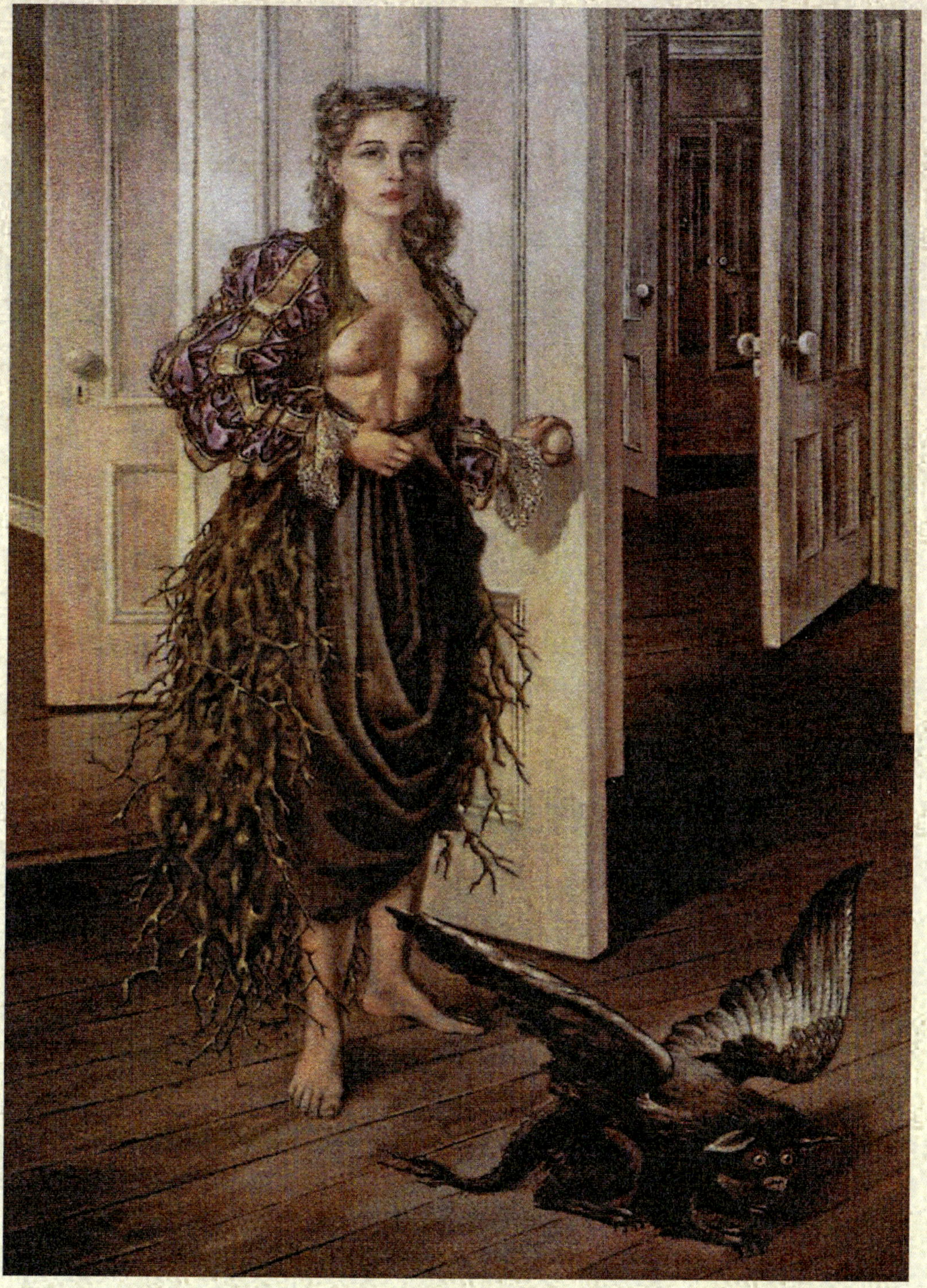

Tag und Datum. „25. August, Donnerstag", dann „Dorothea Tanning, ‚Geburtstag', 1942". *Sie* traut ihren Augen nicht. Das also ist der Titel des Bildes: „Geburtstag". 1942 gemalt. Nein, *sie* täuscht sich wirklich nicht. Es ist kaum zu fassen! *Sie* überprüft noch einmal und liest den erläuternden Text auf der Rückseite: „Die der Surrealismus-Bewegung nahe stehende Malerin Dorothea Tanning (*25.08.1910), die heute 95 Jahre alt wird, lässt sich von Einfällen und ihren individuellen Erlebniswelten leiten... diese Arbeit ist ein Selbstportrait... Ende der 30er Jahre suchte die Malerin in New York Kontakte zu europäischen Surrealisten, die dort im Exil lebten. Sie begegnete Max Ernst, den sie heiratete..." Dieser „gehörte ab 1933 zu der großen Gruppe von den Nationalsozialisten verfemter Künstler. Der Maler emigrierte 1941 nach den USA." Dorothea Tanning war Amerikanerin. Auch sie wusste um die möglichen Bedrohungen durch politische Gewalt, insbesondere durch Berichte von Max Ernst, aber auch von anderen deutschen Emigranten, deren Menschenwürde in Deutschland zertreten und deren Leben bedroht war. Mussten solche Lebensschicksale nicht auch im künstlerischen Schaffen dieser beiden Menschen ihren Niederschlag finden? denkt *sie*. Und wieder sieht *sie* vor sich die „dämonische Figur" von Max Ernst auf dem Buchumschlag, das Ungeheuer voll Zerstörungswut. Und hier nun auf dem Kalenderblatt Dorothea Tannings „Geburtstag" der geflügelte Drachen. Zweimal ein Untier: Das eine riesig, ja übermächtig, das andere angstvoll kuschend, beide bedrohlich. Da plötzlich ein verwegener Gedanke: Könnten vielleicht diese beiden so verschieden artigen Darstellungen in der jeweils eigenen Bildsprache dieses Künstlerpaares den Zusammenhang eines inneren Entwicklungsprozesses aufweisen? Stationen auf dem Weg aus Bedrückung und Gefährdung hin zu

Freiheit und Leben? Auch ihre Erfahrungen mit der Gewaltherrschaft während des Dritten Reiches werfen noch heute ihre Schatten über Ihr Leben und verfolgen *sie* als Ängste bis in ihren Alltag. In solchen Situationen überfällt *sie* immer wieder ihr vernichtendes Ungeheuer, der giftige Drachen, übermächtig, dem Monster von Max Ernst ähnlich. Sollte es etwa Befreiung geben von solchem sich bis heute auswirkenden Vernichtungswillen der Mächtigen und ihrer Zerstörungswut? Sollte das Bild von Dorothea Tanning, Max Ernsts Frau, heute an ihrem Geburtstag ein Hinweis sein auf mögliche persönliche Weiterentwicklung und Veränderung? Mit solchen Überlegungen geht *sie* in *ihr* neues Lebensjahr.

Sie blickt zurück auf Ihre Berufsjahre. Damals, als das 3. Reich zerbrach und der Krieg endete, entschloß *sie* sich zu einem erneuten Berufswechsel und wählte eine theologisch-pädagogische Ausbildung. Diese öffnete *ihr* dann den Zugang zu verschiedenen Praxisfeldern. Weltweite Perspektiven erschlossen sich.

Durch immer neue ergänzende Kurse und Lehrgänge versuchte sie, Wissens- und Bildungslücken zu schließen und erweiterte dadurch auch ihre berufliche Kompetenz. Ihr Tätigkeitsfeld wuchs in die Breite. Als sie dann in die Mitarbeit von verschiedenen kirchlichen Ausbildungsstätten berufen wurde und die Vermittlung „sozialer Gruppenarbeit" übernahm, rückte für sie die Persönlichkeitsentwicklung der Studierenden als wesentlicher Inhalt in die Mitte ihrer Arbeit. Diese gewann im Zusammenhang mit Glaubensfragen weiter an Tiefe.[2]

Und nun? Was nun mit 80 Jahren?

---

[2] Siehe der berufliche Weg Seite 74.

„Aber das wirst du doch nicht tun!

Du wirst doch nicht ins Altersheim umziehen!" *Sie* allerdings ist entschlossen. *Sie* hat sich bereits unter den in Frage kommenden Heimen umgesehen, packt und vollzieht den Wechsel in die neue Umgebung.

Hier im Seniorenstift nun fällt ihr auf: In gemütlicher Runde bei Festen oder bei Tisch, auch bei kleinen Einladungen berichten Bewohner gelegentlich, was sie, als sie hier ins Stift übersiedelten, alles zurückgelassen haben: etwa das geräumige Haus, gebaut nach eigenen Wünschen und Plänen mit einem wundervoll gepflegten Garten. Ja, bewundert hatten das auch die Vorübergehenden und sich zum Teil sogar nach dem Namen des Besitzers erkundigt! Natürlich standen Hilfskräfte zur Verfügung; denn man war häufig unterwegs auf Reisen. Noch viel mehr könnten sie berichten! Und immer ist bei ihrem Erzählen ein feiner Schmerz zu spüren; denn hier im Stift ist das alles nun nicht mehr von Bedeutung: Besitz, Position, Titel, Orden und Auszeichnungen, auch der Hintergrund einer namhaften Familie. Frühere Statuskennzeichen sind hier kaum mehr erkennbar. Was ehedem gesellschaftliche Einordnung auf einem gehobenen Niveau, Zuwachs an Ansehen und Selbstwert verlieh, entfällt hier im Altenwohnstift weitgehend. Der einzelne Heimbewohner ist hier nun einer unter 199 anderen. Nur er, er als Person zählt.

Sie beginnt zu verstehen. Solche oder ähnliche Bedenken mochten auch ihre Bekannten veranlasst haben, *sie* vor einem Umzug ins Heim zu warnen. Doch *sie* blieb damals bei ihrem Entschluss, und *sie* bereut diesen nicht. *Sie* weiß, *sie* hat letztlich nichts zu verlieren. *Sie* hat nur sich selbst. Sonst gibt es nichts, was *sie* herausheben würde aus dieser Schar alter, allmählich schwächer werdender Menschen. So stellt sich auch für *sie* die Frage: Wer bin ich nun hier in diesen andersartigen Lebenszusammenhängen?

Bei solchen Überlegungen wird *ihr* bewußt: Die frühen Erfahrungen und die Ideologien des 3. Reiches, auch die Erlebnisse des Krieges lösen bei *ihr* jetzt wieder bedrängende Fragen aus: Wie werden hier gebrechliche Menschen gesehen? Sind sie geschätzt und geachtet? Geduldig und liebevoll betreut?

Für die eigene berufliche Tätigkeit hatten Sozial- und Humanwissenschaften, auch die Theologie, einen wertvollen Hintergrund geboten. Doch die frühe, tiefliegende existenzielle Betroffenheit hatten sie nicht aufzulösen vermocht: Immer wieder „lebensunwert!" Der alte Drachen lebt.

„Guten Morgen,

geht es Ihnen zur Zeit nicht so gut?" fragt die Dame, die hier im Seniorenstift unten im Parterre wohnt, als sie ihr im Vorübergehen auf dem Flur begegnet. Fast wäre *sie* vorübergeeilt. Sie kennen sich nur vom Sehen, wissen nicht einmal die Namen voneinander. Jetzt halten beide inne: „Sind Sie krank?" fragt die andere, „Sie sind sonst immer so aufgeschlossen." „Ein kleiner Unfall." Mehr will *sie* jetzt nicht mitteilen. Im Haus hört man so viele Krankheitsgeschichten. Und doch tut ihr jetzt die Nachfrage gut. Aber wer ist diese ihr noch Unbekannte, die offenbar Veränderungen bei Menschen, die ihr begegnen, so sensibel wahrnimmt? Schon einmal war ihr diese Mitbewohnerin aufgefallen bei ähnlicher Gelegenheit. Da *sie* damals interessiert war, hatte *sie* unten im Flur auf dem Türschild der Wohnung den Namen ermittelt. „Gehe ich recht in der Annahme, Sie sind Frau ...?" Ein Lächeln der Zustimmung. Und weil *sie* sich jetzt auch wieder erinnert: „...aus der 'Hauptstadt des Freistaates'", fügt *sie* lächelnd an. Diese Stadt ist ihnen beiden wohl vertraut. Beide haben zeitweilig da gelebt. „Ja, diese Museen und Galerien dort!" Schnell sind sie nun in ein kurzes Gespräch verwickelt. Gemeinsame Interessen zeigen sich. Dann die andere plötzlich: „Ich hatte dort einen Kosmetiksalon." Der Schleier der Anonymität lüftet sich ein wenig und es zeigt sich: Schon ihre Eltern achteten auf Ästhetik, Ordnung, Formschönheit und Zusammenklang von Farben. Auf dem Hintergrund dieses „Erbes" wählte sie den Beruf der Kosmetikerin. In dieser Tätigkeit ließen sich nun ihr Interesse an Menschen und ihre Beziehungsbereitschaft verbinden mit der Pflege von Wohlgestalt und Schönheit. Ihre Zugewandtheit und Wahrnehmungsfähigkeit verfeinerten sich stetig weiter. Hier im Seniorenstift ist über ihre Vergangenheit nichts bekannt. Und doch lässt sich auf Grund ihres Verhaltens schließen, wer sie als Mensch ist. So folgert *sie*: Vermutlich wird auch mein Verhalten verraten, wer ich bin. Doch wird die Sicht der anderen Bewohner übereinstimmen mit ihrem Selbstbild? Wer ist sie, die Frau aus Appartement 158? Leistung zählt hier nicht mehr. Also: Wertvoll oder wertlos in dieser großen Gemeinschaft?

Ein gemütlicher Abend

wird das heute werden. Den hat *sie* sich jetzt verdient. Schon gestern hat *sie* das so geplant, denn *sie* war jeweils bis in die Abendstunden hinein fleißig gewesen. Eine ganze Woche lang hatte *sie* geräumt, aussortiert, Entbehrliches, Überflüssiges verschenkt oder weggeworfen, eben entsorgt, auch wohl im Keller verstaut, dann Wäsche gewaschen, weiße und bunte. Die liegt nun wieder frisch, gefaltet und geordnet im Schrank. *Sie* ist befriedigt und will sich einen erholsamen Abend gönnen. Ein wenig Musik, vielleicht Telemann oder Corelli. *Sie* wird sehen. Wie gut *sie* es doch hat! Auch lesen will *sie*. Schon die ganzen letzten Tage wollte *sie* das Buch des Insektenforschers wieder herausholen: „Das Geheimnis ist groß". *Sie* hatte es aber bisher nicht geschafft. Doch heute Abend nun! *Sie* freut sich schon. Erst wird *sie* aber noch eine Kleinigkeit essen und dabei im Rundfunk die 19-Uhr-Nachrichten hören, vielleicht auch noch die nachfolgende Expertendiskussion, die angekündigt ist. Mal sehen, ob das Thema *sie* interessiert.

    Sie breitet die blau-weiß karierte Decke über das Tischchen, holt Tasse und Teller oben aus dem Wandschrank, dann das Besteck. Mehr braucht *sie* heute Abend nicht. Dann kramt *sie* im Kühlschrank. Was soll's denn nun sein? Nicht viel! Diese Banane, eine Schnitte ... Im Radio die Nachrichten und noch einmal die Zeitansage: 19 Uhr 10! Gleich ist auch *sie* so weit. Wenn *sie* sich erst setzt und in Ruhe Schnitte und Banane verspeist, dann wird *sie* ganz konzentriert zuhören. Nur noch ein bisschen heißen Tee! Der wird ihr gut tun. Jetzt aber rasch! Die Diskussion hat schon begonnen! Mit einem Mal ist *sie* – so müde *sie* auch war – hellwach und aufnahmebereit. Was war das eben? Hat *sie* recht gehört? „Altenheim", dann „Altenüberschuss": Kann das sein: „Überschuss" hat er gesagt, der Sprecher, der Unbekannte, dort irgendwo hinter seinem Mikrofon. Er ist nicht zu erreichen! Wäre er hier, *sie* würde ihn bitten, inne zu halten und zu erklären, wie das zu verstehen ist: „Alten-Überschuss." Doch er stockt nicht. Sein Redefluss strömt selbstverständlich und fraglos weiter, während ihre Gedanken weg gleiten. Erinnerung überfällt *sie*. Wieder hat diese *sie* jetzt eingeholt: Mädchenoberschule. Im Klassenzimmer vorn an der Tafel hat die Lehrerin ein Schaubild aufgehängt: Eine Reihe kräftiger Jungen und Mädchen, Arme und Hände nach oben gereckt, halten sie über ihren Köpfen ein schwer belastetes Brett. Auf diesem, dicht gedrängt, zahlreiche alte, meist gebückte Greise, einige mit weißem Bart, und gebrechliche alte Frauen, viele mit Kopftuch, die meisten gestützt auf einen Stock oder eine Krücke. Die wenigen Jungen unten sind niedergedrückt durch die Last. Sie können das Brett kaum stemmen. – Die Klasse starrt auf das Bild an der Tafel. Bedrückend ist diese Darstellung! Wird hier von den Jungen und Mädchen nicht Unmögliches verlangt? Sie müssen die Last der Alten tragen. Abschließende Folgerung der Lehrerin am Ende der Stunde: „Das kann und darf nicht Verpflichtung und Zukunft der jungen Generation, unserer Jugend sein." Dieses also ist das Ergebnis des heutigen Völkerkundeunterrichts. *Sie* erinnert sich, dass *sie* damals beunruhigt die Schule verließ, von bohrenden Überlegungen umgetrieben: Würden alte Menschen, wenn ihre Leistungsfähigkeit abnahm und sie der Volksgemeinschaft nicht mehr nützlich waren, dann etwa als „lebensunwert" eingeschätzt und zwar mit allen folgenschweren Konsequenzen, die am Ende vielleicht sogar Euthanasie heißen konnten?

Heute zählt auch *sie* zu den so genannten „Alten". Aber versteht sie selbst sich auch als zugehörig zu einem so bezeichneten „Alten-Überschuss"? Bei dieser Formulierung sieht *sie* Menschen vor sich, die überflüssig sind, die nicht mehr gebraucht werden und deshalb auch nicht mehr von Nutzen und gewollt sind, aussortiert, abgeschoben ins Altersheim. Hat *sie* denn nicht gerade in dieser Woche das für *sie* jetzt in dieser Situation Unbrauchbare aus ihrem Besitz aussortiert, auch das weniger Geliebte, weniger Wertvolle, das Überflüssige, alles, was *sie* da belastete, weggeschafft? Wertloses Material, Ballast! Bei solchen Überlegungen blitzt bei ihr auch jetzt wieder die Ideologie von „lebensunwertem Leben" auf und ähnlich wie damals nach der Betrachtung des Schaubildes vor 70 Jahren der Gedanke an Euthanasie *Sie* erschrickt. Gespenster. „Alten-Überschuss"! „Ich?" fragt *sie* sich, „wie werde ich hier im Seniorenstift wahrgenommen; als wert oder unwert, geachtet und geschätzt oder als zusätzliche Belastung für Mitbewohner und Pflegende?" Und weiter: „Werde ich hier im Heim, wenn sich das Ende abzeichnet, mein Leben in Würde vollenden können?"

Woher diese Töne? Eine Drehorgel!

Was gibt's? Der Aufzug ist besetzt. *Sie* eilt die Treppe hinunter. Richtig! Unten im Eingangsflur dreht ein Mann in schwarzer Gala, mit Zylinder und roter Fliege seinen Leierkasten: „Die Gedanken sind frei, wer kann sie erraten...?" Das Lied aus der Jugendbewegung ist ihr vertraut: „...sie fliehen vorbei wie nächtliche Schatten; kein Mensch kann sie wissen, kein Jäger sie schießen..." Wie Recht dieser alte Text hat! Keiner hier kennt ihre Gedanken.

Schon steht *sie* mitten im Gewühl, denn der Leierkastenmann lädt zum Basar ein. Bewundernd lässt eine alte Dame ein zartes Gewebe durch die Hände gleiten. „Hübsch, der blaugrüne Chiffonschal!" Und dort die Karten mit den feinen Scherenschnitten, die man sonst nirgends mehr sieht! Viel liebevoll Gefertigtes möchte zum Kauf verführen. Eine angenehme Abwechslung im Seniorenstift! Auch einer der Mitarbeiter des Hauses scheint interessiert. Er plaudert dort drüben gerade mit einer Ausstellerin. Jetzt drängt er sich durch das Gemenge der Kaufenden und Verkäufer nach allen Seiten freundlich grüßend. *Sie* zuckt zusammen. Mit ihm will *sie* auch hier nicht zusammentreffen. Doch er hat *sie* wohl erblickt und grüßt heiter herüber. Steuert er etwa auf *sie* zu? *Sie* geht in Deckung und verschwindet im Gedränge. Jetzt nur hinaus auf den Flur! Dort draußen, plötzlich allein, erschrickt *sie*. Ist *sie* immer noch so befangen und unfähig zu vergessen? Dieser Mensch hat ihr einmal Unrecht getan und ihre Würde verletzt, wie *sie* findet. Auch jetzt nach Wochen kann *sie* ihm noch nicht vorbehaltlos gegenübertreten. *Sie* spürt: *Sie* ist seiner Mächtigkeit und Dominanz, die *sie* in seinem Verhalten empfindet, nicht gewachsen. Und wieder leidet *sie* unter ihrer

Unfähigkeit, vergessen zu können. Nachtragend ist *sie*, wirft *sie* sich vor. Wie kann *sie* jetzt nur entkommen? Weg muss *sie*: Hinaus ins Freie. Im Flur dann klingt gerade die Drehorgel wieder auf und wieder das Lied: „Und sperrt man mich ein in finstern Kerker, das alles sind rein vergebliche Werke, denn meine Gedanken zerreißen die Schranken und Mauern entzwei: Die Gedanken sind frei." Aber nein! Für *sie* ist es nicht so! Ihre Gedanken sind nicht frei. Sonst wäre jetzt in ihr nicht wieder Zorn hochgekocht. Sonst wäre auch jenes ängstigende Erleben aus Kindheit und Jugend, die Erinnerung an Menschenverachtung und Gewaltherrschaft in ihr nicht wieder aufgeflammt. Da ist die Tür ihres Kerkers nun wieder ins Schloss gefallen. Das Urteil lautet also für *sie*: „Lebenslänglich." Und wieder kämpft *sie* gegen ihr verzweifeltes Aufbäumen, gegen Beschämung und Entwürdigung und geht dabei durch Niederlagen und Niedergeschlagenheit, Ohnmachtserfahrung und Kapitulation. Wieder erfährt *sie*: *Sie* kann ihrer eigenen Geschichte nicht entfliehen. Das Lied jener in die Freiheit drängenden jungen Menschen weckt in ihr wieder das alte Lied – „unfähig, unwert, wertlos – lebenslänglich". Soll es denn nicht gelingen, die Gefängnistür aufzubrechen?

Jetzt nur Abstand und fort von hier! Ohne weitere Überlegungen tritt *sie* hinaus in Sturm und Dunkel. Kälte weht ihr entgegen. Regen schlägt ihr ins Gesicht. *Sie* zittert, so kalt fühlt *sie* sich. In der Stadt werden andere Eindrücke auf *sie* zukommen.

Gerade um diese Zeit mischt *sie* sich gern ins Getümmel. Da lebt die Stadt. Kaum aus der Straßenbahn ausgestiegen, erblickt *sie* auch schon in einem hell erleuchteten Schaufenster Regenkleidung. Wie gut! Hier wird *sie* sich umsehen, denn *sie* hatte sich längst vorgenommen, einen besseren Regenschutz zu

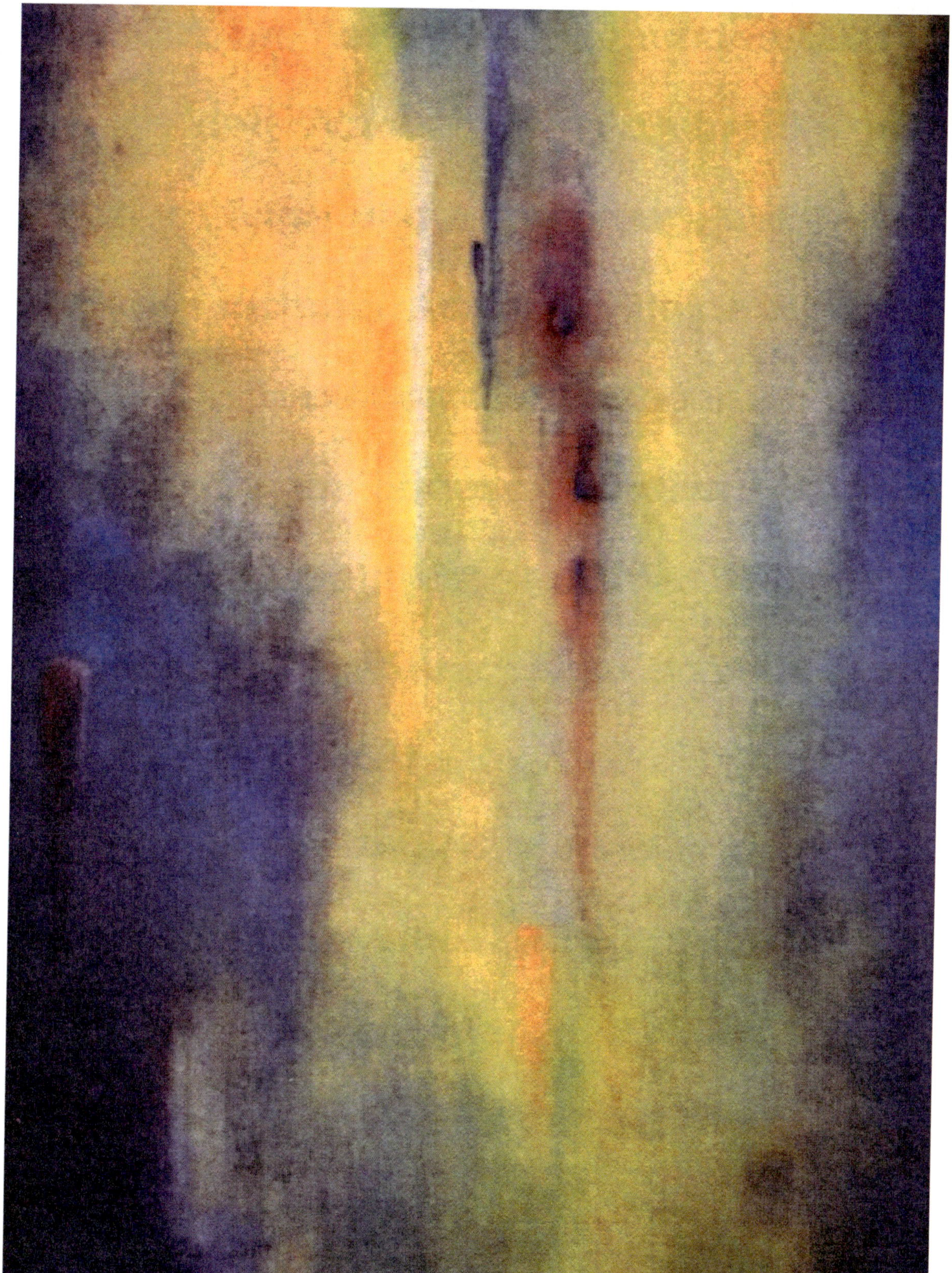

besorgen. Als *sie* eintritt, meldet ein wohltönendes Glockenspiel ihr Kommen. *Sie* blickt sich um: An den Wänden hohe Schränke mit Glastüren, dahinter Gewehre verschiedener Länge und Ausführung; auf der anderen Seite Vitrinen mit Revolvern unterschiedlichster Art, auch kleine Pistolen nebeneinander fein säuberlich aufgereiht und daneben dann sogar Messer mit blanker, spitzer Klinge. Alles wohl verwahrt in abgeschlossenen Schränken. Wo ist *sie* nur hingeraten? In ein Jagdgeschäft! Eine fremde Welt für *sie*. Oder...? War da heute nicht schon etwas? „...kein Jäger sie schießen" – die Gedanken? Und jetzt die Erinnerung an den kleinen schwarzen Revolver, den *sie* als Kind in der Nachtkästchenschublade des Vaters entdeckt hatte. Kalt fühlte er sich an. „Warum? Wozu?", hatte *sie* die Mutter gefragt. „Um Apfeldiebe zu erschrecken", die knappe Antwort. Doch braucht man dazu eine Pistole? hatte *sie* gedacht. Und dann wieder jene grauenvollen Bilder aus ihrer Kindheit und Jugend, aus dem Dritten Reich. Auch von Erschießungen, von Hinrichtungen hatte *sie* gehört. Erschrecken, Entsetzen! Jetzt nur noch ein einziger Gedanke: Nicht schießen! Nein, nur nicht schießen! *Sie* steht wie gelähmt. Und plötzlich: Was sucht *sie* denn hier in diesem Jagdgeschäft? Abrupt wendet *sie* sich um. Was war es noch? Doch keine Waffe! Regenbekleidung! *Sie* braucht Schutz bei diesem Wettersturz. Die Abteilung dort drüben muss es sein mit den voll gestopften Regalen: „Damen- und Herrenbekleidung für die Jagd". Auf einem langen Tisch liegen hübsch nebeneinander gereiht Regenhüte verschiedenster Art. Ein erstaunlich großes Angebot: Damen- und Herrenwetterhüte in meist dezenten Farben, insbesondere in dunklem Grün oder Braun, ausgenommen ein paar kleinere, keckere Hütchen, allerdings nicht ganz für die Jagd geeignet, wie *sie* findet. Auch ein paar karierte Hüte für Damen mit breiter

Krempe sind dabei. Für jeden Bedarf und jeden Geschmack etwas. Was für ein Angebot! Bestimmt wird sich ein Hut finden, der ihr Schutz bietet vor aller Unbill von oben. Zunächst greift *sie* nach dem kleineren dunkelblauen auf dem Regal, betrachtet sich im Spiegel und legt ihn zurück. *Sie* findet allmählich Spaß an der Anprobe und nimmt schließlich doch auch den breitkrempig karierten grünen herunter und setzt ihn auf. *Sie* ist erstaunt, als *sie* sich im Spiegel mit dem goldenen Rahmen sieht. „Flott!", sagt die Verkäuferin. Der Kauf steht fest. Mit diesem Hut wird *sie* Regen und Schnee trotzen. „Soll er eingepackt werden?" „Ich brauche ihn jetzt." Seltsam befreit und gelöst verlässt *sie* das Jagdgeschäft: Keine Waffe, aber ein flotter, schützender Hut! Schutz von oben. Den braucht *sie* jetzt. *Sie* hat gut gewählt und ist sehr zufrieden.

In den nächsten Tagen

wird *sie* wieder nach Garchen fahren. Da ruft *sie* schnell das Liserl an, um sie zu fragen, ob sie sich treffen und dann vielleicht auch noch einmal über einen möglichen Erwerb von Liserls kleiner Schnitzarbeit „Flucht nach Ägypten" sprechen können, die *sie* bei der Weihnachtsausstellung sah. „Das kann ich jetzt noch nicht entscheiden. Die Enkelkinder lieben die kleine Familie mit dem Eselchen so sehr..." *Sie* will nicht aufdringlich sein und drängen. Vielleicht findet sich auch eine andere Möglichkeit, ihren Wunsch zu verwirklichen. *Sie* staunt selbst, wie beharrlich *sie* ist. Was hat *sie* sich da nur in den Kopf gesetzt? Noch nie hat *sie* etwas so heftig begehrt. *Sie* wird sogar erfinderisch. *Sie* könnte doch den alten Bekannten, Bildhauer jener Ausbildung, die auch *sie* vor fast 70 Jahren durchlaufen hat, um Rat fragen!

Dort sieht *sie* sich dann in seiner Werkstatt um, wie immer, wenn sie ihn besucht. Was hat er nur wieder alles in Arbeit! Er freut sich über ihr Interesse und zeigt ihr seinen prämierten Entwurf für einen Brunnen, der auf dem zentralen Platz des Ortes errichtet werden soll: „Schäfflertanz". *Sie* erinnert den alten Volksbrauch aus ihrer Kindheit. Ja, auf diesem Platz wurde er damals in jedem Jahr aufgeführt. Jetzt soll der historische Tanz dort von allen, die vorübergehen, bestaunt werden können. Dann entdeckt *sie* auf der Werkbank drüben das Köpfchen einer Krippenfigur. Joseph! Wie ausdrucksvoll das kleine Gesicht! Könnte der Künstler nicht auch eine „Heilige Familie auf der Flucht" für *sie* schnitzen? Oder besitzt er vielleicht sogar eine solche? „Doch, doch!" Aber er möchte sie nicht weggeben. Er hat einen anderen Vorschlag: Er wird einen Kollegen in Ogau anrufen und fragen, ob er seine 200 Jahre alte „Fluchtgruppe" verkaufen würde, die er vorige Woche auf einer Ausstellung gezeigt hat. Drei Tage später erhält *sie* eine Karte aus Ogau: „Ich habe erfahren, dass Sie sich für eine ‚Alte Flucht' interessieren. Da ich diese Schnitzerei jetzt nicht verkaufen möchte, schicke ich Ihnen eine Postkarte davon." Wie schade! Oder könnte es vielleicht doch sein, dass dieser Bescheid nicht seine endgültige Entscheidung ist? denkt *sie* und ruft den Unbekannten an. Nach einem kurzen Dank für die Benachrichtigung: „Ob ich wohl einen Atelier-Besuch bei Ihnen machen dürfte? Ihre ‚Flucht nach Ägypten' hat mich auf dem Foto sehr angesprochen." Er nennt gleich einen Termin. Er wird *sie* in Ogau an der Bushaltestelle abholen. Als *sie* den Telefonhörer zurücklegt, ist *sie* selbst erstaunt. Wie mutig *sie* doch ist! Und ihre Gedanken schweifen zurück. Hatte *sie* sich als Kind und dann auch später jemals etwas gewünscht? Ein Bildchen als Belohnung oder eine Tafel Schokolade, wenn Besuch kam, das waren damals Überraschung, Freude und Glück für *sie*. Doch Hoffnungen und Erwartungen im Blick auf solche Gaben konnten sich bei der kleinen Tochter in dieser Familie kaum entwickeln und entfalten. Nun plötzlich solch eine spontane Idee, die *sie* mit immer neuen Einfällen zu verwirklichen versucht! Ist *sie* denn, wie man von ihr sagt, wirklich bescheiden? Und was will *sie* überhaupt mit einer völlig überflüssigen Holzschnitzerei, noch dazu mit einer Fluchtdarstellung, im Altersheim anfangen? Was soll das alles nur bedeuten? *Sie* staunt über sich selbst.

Ein heller freundlicher Vorfrühlingstag. Ganz anders als in den Weihnachtstagen, als *sie* durch den hohen Schnee bei klirrender Kälte hier herauf fuhr nach Ogau. Jetzt richten sich nach einem überraschenden kurzen Schneefall die ersten Frühlingsblumen auf den Wiesen wieder auf. Doch ihr gelingt es jetzt kaum, sich auf diese Schönheit draußen zu konzentrieren. Ihre Gedanken eilen voraus, denn *sie* sieht der Begegnung mit dem Künstler mit Spannung entgegen. Wird *sie* ihm noch einmal ihren Wunsch vortragen? Und was wird sich ergeben? In Ogau an der vereinbarten Bushaltestelle wartet er schon: Ein, wie ihr scheint, relativ junger schmaler Mann. „Einer aus jener aufständischen Studentengeneration.", denkt *sie*. Ein Asket? Wie wird das werden? *Sie* hatte einen markigen Dörfler erwartet hier in diesem kleinen Gebirgsdorf. Am Dorfrand dann ein kleines niedriges Haus ins Gras geduckt im wuchernden Garten. Hinter Bäumen und Gebüsch gucken allerlei Skulpturen hervor: Der Entwurf für ein Kriegerdenkmal, eine Pieta, ein Werk des Vaters, einige abstrakte Steinfiguren, die er ihr später dann noch näher erklären will. Drinnen im Haus von der Haustür bis zum Schuppen: Kunst, Kunst an den Wänden, auf Tischen, Stühlen, Regalen, dem Fußboden Kunst... nichts sonst. Gewohnt wird offenbar oben unterm Dach. Auf der Werkbank, auf Hockern und Kisten liegt allerlei Handwerkszeug: Messer jeder Art, Hobel und Meißel, Zeichenfolien, Farben und Bilder jeden Formats, Plastiken, Töpfe und Spachtel in einer Ordnung, die vermutlich nur der Künstler selbst kennt. Weder ein freier Stuhl noch eine Bank, wo man sich kurz setzen könnte. Doch wozu auch? Die beiden sind ständig unterwegs, wandern durch das verwirrende Angebot in den Räumen. *Sie* hält immer wieder inne, sieht hier ein Bild, das *sie* anmutet, dort einen Bronzeguss, der *sie* anspricht und fragt nach der Herkunft einer fremdartigen Plastik, die er wohl irgendwo entdeckt und gesammelt hat. Wie aufregend! So viel Kunst unterschiedlicher Herkunft und Tradition, verschieden in Material und Technik. Immer wieder schlägt er eines der Bücher auf und stellt Verbindungen her zwischen alten Meisterwerken und Entwicklungen bildender Kunst in unseren Tagen und seinen Arbeiten. Ihr schwindelt fast. Doch *sie* folgt noch immer gespannt seinen Ausführungen. Wie arm ist doch ihr Wissen und Kunstverständnis! Wie eng auch ihre Neigungen! *Sie* hat den Eindruck: Ein kunsthistorischer Kosmos erschließt sich. Die beiden vergessen dabei die Zeit. Wie könnte man auch an den immer wiederkehrenden Darstellungen von Mariä Verkündigung, von Geburt und Leiden Jesu vorübergehen, die in tiefen leuchtenden Farben die Aufmerksamkeit fordern. Die Berichte vom Leben Jesu würden ihn immer wieder aufs Neue ergreifen, erläutert er. Es scheint, dass sie sich, indem er sie darstellt, für ihn erschließen. So sei der ganze Zyklus zur Geburtsgeschichte Jesu entstanden, den er neulich ausgestellt hatte. In diesem Zusammenhang habe er dann auch die alte „Flucht nach Ägypten" gezeigt, die von einem Meister anfangs des 19. Jahrhunderts stammt. *Sie* fröstelt plötzlich: „Haben Sie die hier? Kann ich sie sehen?" Er deutet auf ein kleines Tischchen am Fenster. Richtig! Da ist sie, „die Flucht", hineinmontiert in einen engen weißen Holzkasten, 18 cm hoch, 18 cm breit, Joseph im violetten Gewand und langen gelben Mantel, dann neben ihm ein geknickter Baum, ein grauer Esel, Maria im roten Kleid mit blauem Überwurf, das Wickelkind fest im Arm haltend, im Damensitz auf dem Tier reitend. Beide, Mann und Frau, tragen einen breitrandigen dunkelgrünen Hut. *Sie* stutzt, ist verblüfft, und *sie* staunt. Hier nun also das lang Gesuchte endlich gefunden: Das Kind mit seinen Eltern auf der Flucht vor dem Verfolger, der dem Kinde nach dem Leben steht. Es ist, als öffne sich in ihr eine Tür. *Sie* ist bewegt, schweigt und hat doch den Eindruck, *sie* müsse sich erklären, müsse ihr Interesse und ihre Beharrlichkeit begründen, müsse mitteilen, was *sie* so treibt, diese Schnitzarbeit zu sehen. Aber ist es ihr denn selbst bewusst? Stammelnd sucht *sie* eine einleuchtende Erklärung und findet nur eine: „Diese Geschichte hat etwas mit meiner Lebensgeschichte zu tun." Schweigen, Stille. „Sie bekommen ‚die Flucht nach Ägypten'. Ich gebe sie Ihnen gern." Ihre Augen sind feucht. *Sie* weiß nicht, wie ihr geschieht. „Wir werden sie sorgfältig verpacken, damit sie auf der Reise nicht leidet." 30 Minuten später begleitet er *sie* zum Autobus, dem letzten an diesem Abend. Ihr kostbares Paket birgt *sie* fest in den Armen. Sollte das nun wirklich ihr Besitz sein? Noch kann *sie* es nicht fassen. Und doch ist *sie* erfüllt von einer seltsamen Freude. Auf der Rückfahrt in der Dunkelheit hält *sie* ihr wertvolles Paket sorgsam auf dem Schoß. Die Nachbarin, die ihr Erleichterung schaffen will, fordert *sie* auf, die vermeintliche Last auf dem Nebensitz abzustellen. *Sie* schüttelt nur den Kopf und umfasst ihr Paket fester. Nein. Nein, das Kind gehört zu ihr. Es hat sein Ziel gefunden. Fortan wird es Gefährte ihres Lebens sein. Tränen. Jetzt allmählich löst sich offenbar die Spannung der letzten Stunden. Es war eben ein langer, anstrengender Tag, denkt *sie* fast entschuldigend und fühlt sich zufrieden und zutiefst glücklich.

Sie ist gespannt!

Gestern Abend spät aus Garchen zurückgekehrt, will *sie* nun im Seniorenstift heute Morgen sofort als erstes ihr kostbares Paket öffnen. Behutsam löst *sie* Hülle um Hülle und schält die hölzernen Figürchen aus dem seidenweichen Verpackungsmaterial, in das sie der Künstler liebevoll gebettet hat. *Sie* ist seinem Rat gefolgt, das Paket erst hier zu öffnen, um den wertvollen Inhalt auf der weiten Bahnfahrt in den Norden nicht zu gefährden. Doch nun endlich ist es so weit! In Gedanken hat *sie* der kleinen Gruppe schon beim Kauf ihren Platz auf dem halbhohen Bücherregal zugewiesen. In Augenhöhe wird sie stehen, gleich neben ihrem Schreibtisch, an dem *sie* die meiste Zeit des Tages arbeitet.

Nun also sind sie da! Willkommen, denkt *sie*. Willkommen Vater, Mutter und Kind, mitsamt dem Eselchen! Aber was ist das? Auch jetzt spürt *sie* wieder eine kleine Reserve, wenn *sie* die Gruppe betrachtet. Was irritiert *sie*? Hat *sie* diesen kleinen Widerstand nicht auch schon dort in Ogau in der Werkstatt des Künstlers empfunden? Ist's der angeknickte Baum, der zwischen Mann und Frau aufragt? Wie kommt es, dass er so verkrümmt gewachsen ist? Wodurch wurde sein Wachstum gestört? Ein schwerer Schlag vielleicht oder harte Lebensbedingungen, die eine normale Entwicklung verhinderten, so dass er sich nicht aufrecht und frei entfalten konnte? Auch scheidet dieser Baum den Vater von Mutter und Kind auf dem Esel. Und noch etwas anderes: Der Mann rafft mit der linken Hand den violetten Mantel von der Seite nach vorn und schließt ihn dichter um sich. Wendet er sich mit dieser Bewegung nicht weg von Frau und Kind und zieht sich auf sich selbst zurück? Ja, er nimmt deutlich

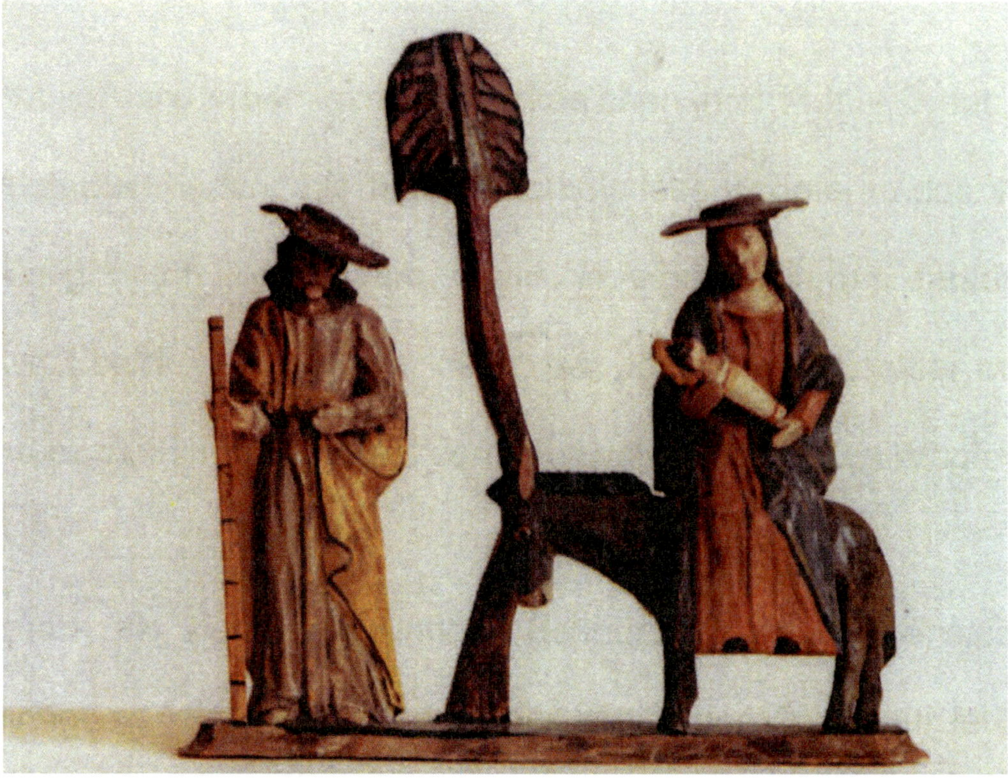

Abstand und überlässt die beiden dem Tier. Er, der Vater, steht beziehungslos daneben. Nun weiß *sie*: Das ist es, was *sie* befremdet und betroffen macht: Mutter und Kind allein gelassen in gefahrvoller Zeit auf fernen, fremden Wegen.

Sie erschrickt. Ist das nicht ihre Geschichte? Damals in der Zeit innerer und äußerer Bedrohung war der Faden der Beziehung zum Vater gespannt und zerriss. Als „Vater" ging er zwar immer noch „voraus", doch er hatte sich distanziert und sich verschlossen. Den Mantel äußerer Fürsorge, in den er sich zu bergen suchte, hatte er noch enger um sich geschlungen. In ihm verbarg er sich in sich selbst gekehrt. Jetzt erst ist ihr mit einem Mal klar, wie sehr *sie* die innere Beziehungslosigkeit berührt und schmerzt. Aber muss das denn so bleiben? Was kann geschehen? *Sie* weiß: *Sie*, nur *sie* kann den zerrissenen Beziehungsfaden wieder neu aufnehmen und zu knüpfen versuchen zwischen dem Vater und der übrigen Familie. Jetzt erkennt *sie* auch: Bei der alten kleinen Holzskulptur fehlt die sichtbare Verbindung zwischen dem Mann und der Frau, die das Kind hält. Im Lauf von Jahrzehnten ist offenbar der Strick, an dem Joseph sein Eselchen führte, brüchig geworden und verloren gegangen. *Sie* beschließt nun, ein feines Seil zu winden und die kleine Familie damit neu zusammenzubinden.

Sie macht sich ans Werk. Im alten Nähkästchen ihrer Mutter findet *sie* noch den braunen starken Faden, mit dem *sie* damals lose Knöpfe an des Vaters Hosen neu befestigt hatte. Dieses Garn, denkt *sie*, eignet sich, um daraus ein Seil für das brave Eselchen zu drehen, damit der Joseph das Lasttier mit Maria und dem Kind sicher führen kann auf den ungewohnten fremden Wegen.

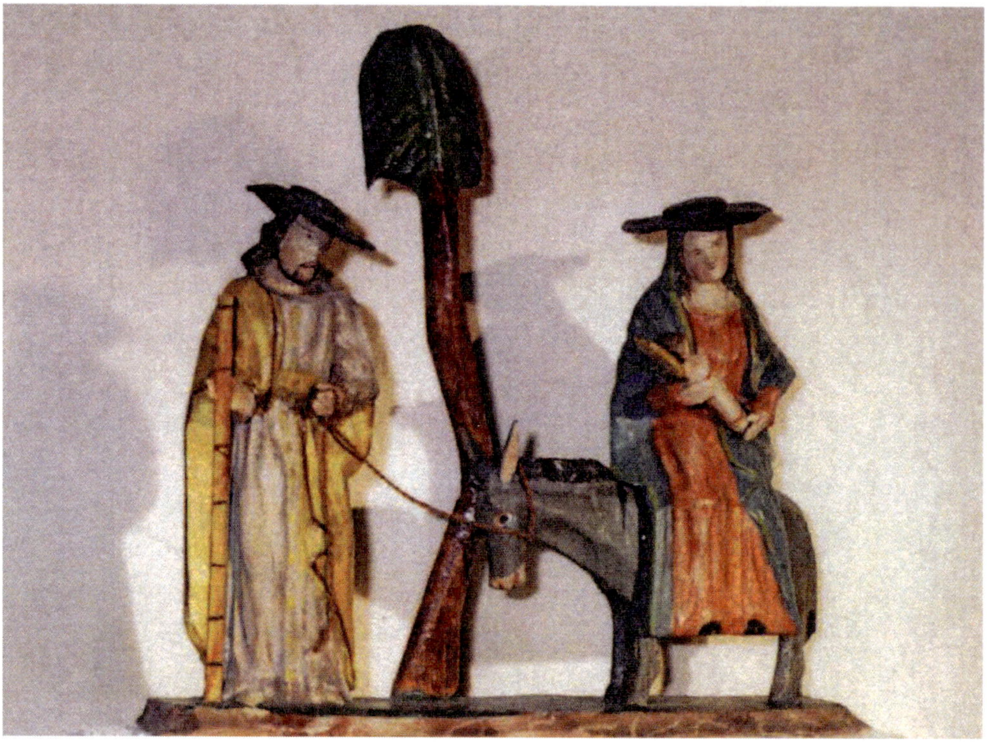

Wie damals, als *sie* in der Kindheit Schnüre für ihr Puppenspiel hergestellt hatte, bindet *sie* jetzt den Faden an der Klinke der Zimmertür fest und spannt ihn quer durch den Raum, um ihn drüben am Fenstergriff fest zu hängen. Dann führt *sie* ihn wieder zurück zur Tür. Ist es nicht fast so, als spanne *sie* auch den Faden aus der Kindheit ins Alter, dann von ihr zum Vater und nun wieder zurück? Und *sie* dreht den Zwirn, dreht, dreht. Der Faden schrumpft. Immer kürzer wird er und ganz fest, bis sich die beiden Enden nicht mehr länger festhalten lassen und zusammenspringen. Eng verflochten liegen nun die beiden Fäden aneinander. Welch eine feste Schnur! Die Spannung in beiden Zwirnsträngen hat sich gelöst und umgewandelt in eine reißfeste Verbindung. Sollte ähnliches mit dem Faden der Beziehung nicht ebenfalls zwischen Vater und Tochter gelingen? Auch da wird Einsatz von Phantasie, Einfühlsamkeit und Geduld erforderlich sein. Lächelnd schlingt *sie* das eine Ende des kleinen Seils um Josephs linke Hand, die den Mantel hochrafft und knüpft das andere Ende dem Eselchen um den Hals. Prüfend betrachtet *sie* jetzt die kleine Skulptur. *Sie* ist überrascht und staunt. Wie ist das möglich? *Sie* kann den Wandel kaum fassen. Eine neue Situation ist entstanden: Vater, Mutter, Kind stehen nun miteinander in Beziehung. Sie sind nicht mehr getrennt. Jetzt sind sie verbunden. Und auch das Tier gehört dazu. *Sie* steht und staunt und wird ganz still. Nichts stört mehr.

Am nächsten Morgen wird ihre Aufmerksamkeit erneut geweckt. *Sie* wundert sich: Joseph und Maria tragen Hüte! Das ist doch nicht die sonst übliche Darstellung, die Maria gänzlich in den blauen Umhang gehüllt zeigt. Hier nun beide, Joseph, aber auch Maria mit dunklem, breitkrempigem Hut! Fremd scheint das und absonderlich. Und doch: Besitzt nicht auch *sie* seit kurzem einen ganz ähnlichen Hut, auch mit schwingend breiter Krempe? Erst neulich hat *sie* ihn in einem Jagdgeschäft gekauft, als *sie* sich geduckt und klein gemacht fühlte. *Sie* brauchte Schutz, gerade in jener Situation, Schutz von oben. Nun diese Überraschung. Ob den Künstler wohl ähnliche Gedanken geleitet hatten, als er Joseph und Maria für ihre gefahrvolle Reise diese Hüte als sichtbares Zeichen des Schutzes von oben gab? Diese beiden Flüchtenden mit ihrem Kind sind in Obhut genommen. Die Verfolgten sind in guter Hut.

Tage sind vergangen.

Sie arbeitet am Schreibtisch, schaut auf und sieht hinüber, wo auf dem Bücherbord die fein geschnitzte Skulptur ihren Platz gefunden hat. Ein knorriger Zweig neigt sich aus hoher Vase über die Gruppe. Ihre Gedanken schweifen. *Sie* kennt die Geschichte dieser Familie, die *sie* immer wieder nachdenklich macht: Vor 2000 Jahren etwa flohen die Eltern mit ihrem noch recht kleinen Kind, dem ohnmächtigen, hilflosen; denn dem Machthaber, dem König des Landes, war zu Ohren gekommen, eines der erst vor kurzem in seinem Lande geborenen Kinder könnte später für ihn zum Rivalen werden, der dann nach der Macht strebt. Ein aufregender Gedanke! Mögliche Unruhestifter musste man bei Zeiten ausschalten. So beschloss er, die ganze in Frage kommende Altersgruppe von Knaben auszurotten, zu töten. Eine radikale, grausige Möglichkeit zwar, aber doch die sicherste. Er brauchte nur Gesetz und Befehl zu erlassen. Er hatte die Macht. Um der Gefahr zu entgehen, mussten die Eltern das Kind außer Landes über die Grenze bringen. So flüchteten sie, damit das Kind lebe.

Später dann, als der heranwachsende Sohn eigene Entscheidungen traf, konnten seine Angehörigen ihn zuweilen nicht verstehen. Doch er ging den von ihm gewählten Weg weiter und erlebte: Leidende bringen ihm Zuneigung und Liebe entgegen, während andere Menschen ihm mit Mistrauen, Verachtung und Hass begegnen. Er hat Freunde und Feinde. Zahlreiche Menschen setzen all ihre Hoffnung auf seine Zuwendung und schenken ihm ihr Vertrauen. Andere jedoch verleumden ihn und streuen falsche Beschuldigungen aus, weil er ihnen zu stark und mächtig scheint. Mit ihm können sie sich nicht messen. So ist er nun ihrer Bosheit ausgeliefert, wird von ihnen entwürdigt und verraten. Er durchleidet Heimatlosigkeit und Einsamkeit bis zur Gottverlassenheit. Er kennt das Leben; es ist reich an Leid, aber noch reicher an Liebe, Liebe, die er schenkt und solcher, die er empfängt.

Während *sie* immer mehr über das Kind der kleinen Schnitzarbeit und dessen späteres Leben als Erwachsenen nachdenkt, werden auch in ihr wieder eigene Kindheitserinnerungen geweckt. Dabei stellen sich fast wie von selbst Verbindungen her zwischen dem Erleben des Kindes und ihren eigenen frühen Widerfahrnissen.

Diese hatten dann ihr ganzes weiteres Leben geprägt und *sie* festgelegt. Es gelang ihr nicht, sich zu befreien und sich ganz furchtlos und unbefangen zu verhalten. So empfindet *sie* sich noch immer in ihrem „Gefängnis" eingeschlossen. Die alte bohrende Frage meldet sich erneut: Wer bin ich? Ein Mensch von Wert oder „Unwert"?

Seit *sie* mit der kleinen Schnitzarbeit „das Kind" bei sich aufgenommen hat, beschäftigt *sie* sich immer wieder mit seiner Lebensgeschichte. Zu ihrem Erstaunen findet *sie* dabei Parallelen zu ihrer eigenen frühen Lebensphase. Beide wurden jeweils durch ihre politischen Machthaber bedroht, konnten aber der unmittelbaren Gefahr entrinnen. Ähnelten sich darin nicht ihrer beider Bedrohungen und Ängste?

Inzwischen ist viel Zeit verstrichen. *Sie* ist alt geworden und fragt sich jetzt: Was ist in diesen Jahrzehnten aus mir geworden? Wird auch „das Kind" mich jenen Menschen zuordnen, die man damals als „lebensunwert" einstufte?

Auch ihr Leben war von Anbeginn durch abwertende Festlegungen geprägt, und *sie* vermochte nicht, sich jemals davon gänzlich zu befreien. So stellt *sie* noch einmal ihre Frage „Wer bin ich? – hoffend – „das Kind" möge *sie* nicht verachten. Da zieht nun „das Kind" den Schleier von ihren Augen: „Sieh!"

Diese Überraschung!

Ihr eigenes Bild im Spiegel dieses Kindes. Staunen.

Wird *sie* es jemals fassen können? Ich bin sein Spiegelbild! Ich!

Welch eine Würde, unantastbare Würde!

Wenn jetzt ihr Blick auf der Gruppe der Entflohenen ruht, gewahrt *sie*: Der geknickt beschädigte Baum erstirbt nicht. Er ist nicht tot.
    Er wächst und entfaltet in üppig frischem Grün seine Krone.

Else Lehmann, 2016

Ihr beruflicher Weg

- zunächst Pflichtjahr in einem Kindererholungsheim
- „Schnitzschule", Fachschule für Holzbildhauerei – Krieg –
- Wechsel in die Krankenpflege (Kliniken): Ausbildung, Praxis
- Religionspädagogische Ausbildung
- Laienkursus im Oekumenischen Institut Château de Bossey
- Besuchs- und Beratungsarbeit in deutschsprachigen lutherischen Gemeinden in England
- Rückkehr nach Deutschland: kirchl. Frauenarbeit
- Mitarbeit Laetare-Verlag
- Erziehungsberatung, Ausbildung
- Mitglied in einer Kommission des Lutherischen Weltbundes
- Supervision, Lebensberatung, Ausbildungen, Praxis
- Zwei-Jahreskurs am Psychotherapeutischen Institut, Hannover
- Zwei-Jahreskurs in gestalttherapeutischen Methoden
- Dozentin an verschiedenen Ausbildungsstätten für kirchliche Mitarbeiter
- Dozentin am Oberseminar für kirchliche Dienste, Hannover
- Dozentin an der Evangelischen Fachhochschule, Hannover
- 1984 Ruhestand
- zunächst Weiterführung laufender Supervisions- und Beratungsprozesse
- Rückgriff auf künstlerisches Tun durch Aquarellmalerei
- eigene Arbeiten und Anleitung von Gruppen und Einzelnen in Aquarelltechniken
- Ausstellungen
- 2002 Verleihung des Argula von Grumbach-Preises*

*Der Argula von Grumbach-Preis wurde verliehen auf Grund des Berichtes „Brunnen der Erinnerung", veröffentlicht in „Steht auf, ihr stolzen Frauen." epv print.